とある小さな村のチート な鍛冶屋さん3

夜船紡

Tsumugu Yofune

Regina

RB

レジーナ文庫

ジェード
白虎の姿をした、
風を司る神獣の眷属。
気まぐれな悪戯っ子。
リクロス
人々から恐れられる、
魔族の青年。
他種族を警戒していたが、
メリアと一緒にいるうちに
少しずつ心を開き始める。
フローライト
水を司る神獣の眷属。
物の気持ちがわかる
能力を持つ、ぐんぐん
成長中の子蛇。
メリア
異世界転生し、十代の身体と
チートな鍛冶スキルを得た元日本人。
過保護な神様の加護を受け、
神獣の眷属たちと楽しく暮らしている。
登場人物紹介

神様
前世のメリアをうっかり
死なせてしまい、
転生させた張本人。
この世界の創造主。
キリス
ネビルの妻で、ハーフエルフ。
彼と結婚をするきっかけをくれた
メリアに感謝している。
ネビル
冒険者をしているエルフ族の青年。
キリスの夫で、彼女をものすごく
溺愛している。

目次

とある小さな村のチートな鍛冶屋さん3

プロローグ

――ピューロロロー……
どこまでも澄《す》んだ、高い音色が鳴り響く。
見上げれば、太陽の光に煌《きら》めく美しい鳥が飛んでいる。
どうやら澄《す》んだ音は、その鳥の鳴き声だったらしい。
ここは最初に神が君臨し、創造した地。
海に囲まれて守られている、小さな島だ。
その島の中心に、一際《ひときわ》目立つ一本の樹がある。
幹《みき》は太く、その長い歴史を感じさせる。
ゴツゴツとした根は大地から剥《む》き出しになり、複雑に岩に絡まって広がっている。
枝は天に梢《こずえ》を差し伸べ、青々と茂った葉は、淡い光を放つ。
この世界の最初の命ともいわれ、十二の神獣を生み出した聖なる樹――聖霊樹《せいれいじゅ》。

それがこの神々《こうごう》しい樹の正体である。

その聖霊樹からほんの少し離れた場所に、小さな集落があった。

そこは、森の一族とも自然なる一族とも呼ばれる、エルフの里。

エルフの祖は、聖霊樹を見た瞬間にその神々《こうごう》しさに敬意を持ち、樹の守護を申し出たと伝えられている。

彼らは、聖霊樹の子である神獣やその眷属《けんぞく》を敬《うやま》い、彼らを絶対の主《あるじ》とした。

エルフの多くは、邪《よこしま》な心を持たず、一途に神が創った自然との対話を望んだ。

それを神が認めたために、彼らは多くの魔力を与えられ、神の遣いである神獣や、神獣の眷属《けんぞく》と関わることを許されたといわれている。

神の望み通り、彼らのほとんどはその魔力を争いに使うことはなく、信仰のためにのみ役立てている。

――そんなエルフの集落の小さな家で、新たな命が誕生した。

小さな身体からは考えられないほどの泣き声が、集落中に響き渡る。

その声を聞いて、彼らは新たな同胞《どうほう》を歓迎し、鐘《かね》を鳴らした。

先ほど赤子を産んだ女性は、泣きやむ様子のない我が子をそっと腕に抱き、嬉しそうに微笑む。

その女性の手首には、銀色の細い腕輪がはめられていた。

彼女は視線を赤子からほのかに輝く腕輪に移すと、懐かしむようにそれをそっと外し、ベッドの側《そば》へ置く。

柔らかな赤子の肌が、傷つかぬように。

そして、彼女は腕輪を作った少女を思い、小さく感謝の言葉を口にした。

大陸から遠く離れたこの島でも噂《うわさ》になっている、自身の恩人でもある鍛冶師《かじし》の名を――

◆◇◆◇◆

エルフが住まう小さな島から海を越え、遥か彼方《かなた》。

大陸の中で一番大きな国の、一番小さな村にその鍛冶師《かじし》はいた。

正確には、そんな小さな村からも少し離れた林の先、季節外れの野菜や果物が実る庭のさらに向こう。

古びた小さな家に、その鍛冶師《かじし》は住んでいる。

パンッパンッと音を立てて白いシーツの皺《しわ》を伸ばしたあと、「んーっ！」と背伸びしながら干している少女。

まだ幼さを残すこの少女こそ、噂《うわさ》の鍛冶師《かじし》だ。

そんな彼女のことを、数匹の動物たちが見守っている。

牛と羊は近くの木の下で寝そべりながら、黒い鶏《にわとり》や兎《うさぎ》、モルモットは大きな岩の上で、小さな蛇《へび》と猿は、彼女の両肩の上で、じっと彼女を眺めていた。

「ふぅ、やっと干せたー」

一番大きな洗濯物を綺麗に干せたようで、少女はかいてもいない汗を拭《ぬぐ》いながら、嬉しそうに言う。

「いいお天気だから、今日はふんわりお布団で眠れそう！」

そんな彼女に、兎《うさぎ》が返す。

――本当ですね。最近は雨ばかりでしたし、ぽかぽかのお日様は気持ちいいです。

「うん。アンバー、そうだね！　やっぱり晴れはいいねえ」

――雨、ダメ？

しょんぼりとした声を出しながら首を傾げたのは、白い蛇《へび》だ。

蛇《へび》は、水を司《つかさど》る神獣の眷属《けんぞく》である。

彼は自らが操る雨を拒絶されたようで、悲しかったのだろう。

そんな蛇《へび》を見て、少女は慌《あわ》てた様子で言う。

「雨も好きだよ、フロー！　好きだけど、こういうお日様がしっかり出てる日は、洗濯物が干せるから、ありがたい、かなー」

――お日様のほうが……いいんだ。

しかし、少女のフォローになっていない言葉に、蛇《へび》はますます落ち込んでしまった。

それを見かねた牛は、蛇《へび》に穏やかに伝える。

――で～も～、草木は喜んでるよぉ～。

――本当？　よかったぁー。

蛇《へび》は嬉しそうに庭の草木を見回した。

「ありがとう、ラリマー」

少女は牛にこっそりお礼を言ったあと、今度は服を干し始めた。

しかし、その瞬間、辺《あた》りに突風が巻き起こる。

いくつかの洗濯物が、地面に落ちてしまった。

「ああーー!!」

――やり直しだねぇ。

少女が思わず落胆の声をあげると、どこからともなく意地悪そうな声がする。

少女が顔を見上げ、声の主《ぬし》を捜すと、木の太い枝の上に白い虎《とら》が立っており、ニヤニヤしていた。

その虎《とら》は、風を司《つかさど》る神獣の眷属《けんぞく》だ。

どうやら、先ほどの風はこの虎《とら》が起こしたものだったらしい。

「もう、ジェード！　そんな悪戯《いたずら》するなら、今日のおやつ、あげないからね！」

ぷりぷりしながら怒る少女に、虎《とら》は「いいも〜ん」と言いながら、どこかへ走り去った。

「全くもう!!　もう一回洗わないと……」

肩をがっくしと落とし、見るからに落ち込む少女の目の前に、花が現れた。

いつの間にか彼女の肩から下りていた猿が、花を差し出して優しく声をかける。

――元気、出して。

「ありがとう、オパール。んー、いい匂い」

ふんわりと優しい匂いの花に、少女は嬉しそうに笑う。

それを見て、鶏《にわとり》が猿の真似をするように、そこら中の花を啄《ついば》んでは少女に持ってこようとする。

しかし、パタパタと羽を動かすものだから、花壇《かだん》がめちゃくちゃになってしまった。

「ちょ、ちょ、オニキス、そんなにいらないよー！」

その様子に少女は慌《あわ》てた声をあげ、鶏《にわとり》を抱き上げる。

「あーあ、ぐちゃぐちゃだー……」

そう言いながらも嬉しそうな少女を見て、牛と羊は顔を見合わせ、ため息をついた。

――妾《わらわ》の主《あるじ》は忙しいのう……

「心配してくれてありがとう、セラフィ」

その時、鐘《かね》が一度鳴った。

昼を伝える鐘《かね》の音だ。

「え、もうそんな時間!?」

少女は慌《あわ》てて、全ての洗濯物を干し終える。

家に駆けていく彼女を、動物たちも追っていった。

「主《あるじ》さん、今日こそはわしの出番があるとええなぁ」

一生懸命走りながら言うモルモットに、少女は笑いかける。

「そうだね、ルビーくん。今日は何か作ろっか」

そう言って、彼女は急いで家の扉にかけてある看板をひっくり返した。

【OPEN】

第一章　キリスからの手紙と旅立ちの準備

カンッ、カンッと音を立てながら重たいハンマーで金属を叩くたびに、火花が飛び散る。

ハンマーは重くて辛《つら》いし、炉《ろ》から漏れる炎《ほのお》は私の身体を焦《こ》がして熱い。

けれども、叩くたびに変わっていく金属の形が、音が、私の腕を動かした。

ハンマーが当たったところから、キンッと高い音が鳴る。

このタイミング！

打ち込んだ金属をバケツに張った冷たい水へ入れると、ジューーーッと激しい音と水蒸気が上がり、光が瞬《またた》く。

そっと水の中のものを持ち上げると、綺麗な鍋ができていた。

「よし、成功だ！」

私は炉《ろ》に炎《ほのお》を入れてくれたモルモットのルビーくんと、水を張ってくれたフローに完成した品を見せる。

――最近、また腕が上がったなぁ。

感心したように言うルビーくんに続いて、フローも頷く。

――ご主人様、すごい。

「えへへ、ありがとう」

褒《ほ》めてくれたルビーくんとフローの頭を撫でていると、ギィーッと扉が開く音がした。

珍しいな？　このお店にお客様が来るなんて。

自分で言うのもなんだけど、もう鍛冶屋《かじや》を始めてだいぶ経つのに、村から離れているせいか全然お客様が来ないいんだよね。

私は首を傾げながら、鍛冶場《かじば》兼お店の入り口を振り返る。

「いらっしゃいませー！」

「ごめんね。客じゃないいんだ。用事があって来ちゃった」

そこには、羊のような角《つの》を頭に生《は》やした、魔族の青年――リクロスが立っていた。

「なーんだ、リクロスだったの」

「音が響いてたから、入ってきちゃった。起きたのかなって思って」

「さすがに、もう完全に日が昇ってるこの時間には、寝てないよ！」

もう、子ども扱いして！

私はわざとむっとした顔をする。

「ははは。はい、これ。預かりものだよ」

リクロスは誤魔化《ごまか》すように笑いながら、懐《ふところ》から一通の手紙を取り出した。

「何これ？」

「たまたま……ネビルだっけ？　彼に会ってね。渡されたんだ」

リクロスの言葉に、私は目を見開いた。

「ネビルさんに？　この辺《あた》りまで来てたの？」

「そうだよ。彼、とにかく急いでる様子だった」

「え！　まさかキリスさんに何かあったの!?」

私が思わず声をあげると、リクロスは苦笑いする。

「そんな不安げな顔をしなくても大丈夫だよ。ただ、早く帰りたがっていただけだから」

「それならいいけど……」

キリスさんは、昔、私が村でナンパされた時に助けてくれた、ハーフエルフの冒険者だ。

ネビルさんは、キリスさんと一緒に旅をしていたエルフの冒険者で、私とリクロスが王都へ行った時には、御者《ぎょしゃ》を務めてくれた。

二人は今、結婚してエルフの里に帰って生活しているらしい。

そういえば、彼女たちはこのお店『casualidad《カスアリダー》』ができてすぐに、武器を買ってくれたお客様でもあるんだよね……

思い出すと、懐かしくなるなあ……

私、メリアは、元々は多忙な生活を送っていた日本人だった。

ところがある日、突然神様のミスで死んだと知らされ、そのお詫《わ》びにとこの世界に連れてきてもらったの。

その際、せっかくだからと若返らせてもらったり、生前ハマっていたゲームの鍛冶《かじ》スキルや様々な鉱石を採《と》ることができるダンジョン付きの家をもらったりして、異世界で新たな生活を始めた。

もう、この世界に来てから、おそらく二年くらい経っていると思う。

最初は一人だったけれど、今は素敵な家族と賑《にぎ》やかに暮らしている。

水を操り、なぜか物の言葉がわかるという、小さな子蛇《こへび》のフローライト。

闇《やみ》を司《つかさど》り、ちょっとおっちょこちょいな真っ黒な鶏《にわとり》のオニキス。

土を操る、お洒落《しゃれ》な茶色い兎《うさぎ》のアンバー。

怪我《けが》をしたらすぐ助けてくれる、癒《いや》しの羊セラフィ。

お野菜もお花も植物ならなんでも任せられる、のんびり牛のラリマー。

火を操って、鍛冶《かじ》のお手伝いもしてくれるモルモットのルビーくん。

空間を行き来できるトンネルを作ってしまう、小さいのにすごい猿のオパール。

そして、風を司《つかさど》っていて、自由気ままにふらりと現れては消える風来坊《ふうらいぼう》の白虎《びゃっこ》、ジェード。

この世界を守護する神獣の眷属《けんぞく》だという彼らは、強い力を持っているらしい。

一緒に暮らし始めて、だいぶ経つのだけれど……私はその力の欠片《かけら》しか見たことがない。

家では皆、優しくていい子たちだし。

そんな私は、今、神様からもらった鍛冶《かじ》のスキルを活《い》かして、お店を営んでいる。

だけど、ぶっちゃけ、お客様が来たことはほとんどない。

ここから村までは歩いて一時間もかかってしまうし、魔物も時々出るから危ないしね。

普通だったら、それじゃあ生活なんてできないんだろうけど……

私は村長のマルクさんに頼まれて、村で定期的に開催される市場に出店しているので、問題なくお金を得ることができる。

出店の回数は多くないけれど、その市場に参加すれば、私の店はたちまち大盛況。

なぜなら、私が神様からもらった鍛冶《かじ》スキルで作るものは、この世界の鍛冶師《かじし》が作るものよりも性能がいいらしいから。

しかも、貴重な素材が家のダンジョンで手に入るから、材料不足になることはない。

つまり、質のいい武器や調理器具が作りたい放題ってこと！

この世界に来たばかりの頃は、自分が作るアイテムの価値がわかっていなくて……私から武器や材料を奪おうとした悪い奴らに狙われ、誘拐《ゆうかい》されたこともあった。

その時は、リクロスが助けてくれたんだっけ。

他にも、悪いことを企《たくら》んでそうな商人に目をつけられたこともあったけれど……それはマルクさんのおかげで助かったんだ。

ただの小さなフォルジャモン村の村長だと思っていたマルクさんは、実は王族の一員で、その力で商人を追い払ってくれたの。

その時に、無力な十代の少女になった私は悪い大人に狙われやすいのだと、改めて痛感した。

神様からもらったチートな鍛冶《かじ》スキルだけじゃなくて、神獣の眷属《けんぞく》の皆と一緒にいることや、異世界転生したことも誰かにバレたら、大変なことになる……

私の秘密を知っているマルクさんはそう考えて、私にこの国——フリューゲル王国の王様に会ってほしいと言った。

いつかフォルジャモン村だけでは、私を守れなくなるかもしれないからと。

それで私は、この世界に来て初めてこの村を出て、旅をした。

そして、数日かけて王城に辿《たど》り着いたんだけど……そこでは何者かの陰謀により事件が起こっていて、私たちはそれに巻き込まれることに。

それは、ある花を使った事件だった。

甘い匂いを持つ魔性《ましょう》の花……ロートスの花。

それは、見た目はとても綺麗だけれど、匂いには中毒性があり、人を操ることさえできる危険なもの。

植物のことはなんでも知っているラリマーが言うには、ロートスの花は植物を司《つかさど》る神獣の眷属《けんぞく》たちの力で、この世界では咲かないようにしていたはずらしいのだけど……

私たちが王城に辿《たど》り着いた時には、すでに王妃様や第二王女のフュマーラ様が、この匂いにより操られてしまっていた。

でも、二人や他の中毒者はセラフィの力によって癒《いや》され、ロートスの花はラリマーとジェードの力で消すことができた。

こうして最悪の事態は免《まぬか》れて、事件は終わったのだけど……一つ問題が発生したの。

その時の犯人はアーロゲント卿という人物で、捕まり牢に入れられたはずだった。

しかし、彼は脱獄し、見つかった時には死んでいたそう……

ロートスの花はそこらに生《は》えているものではないのに、城にはものすごくたくさんの量が持ち込まれていた。

そんなものを、彼が一人で調達できるはずがない。

ということは……花を彼とともに持ち込んだ共犯者がいる。

それも、王城から犯人を脱獄させることができ、殺せるほどの実力者だ。

今、王様は腕の立つ冒険者やリクロスに依頼して、その人物を捜している。

しかし、あの事件から半年くらい経っているのに、未だその人物を捜し出すことができないらしい。

すでに他国に逃げたのかも。

他の国にも報告しているそうだけど、その顔や姿を誰も見ていないだけに、注意喚起くらいしかできないそうだ。

あんなひどい事件を起こした犯人だから、早く捕まってほしい。

でも、この事件のおかげでよかったこともある。

それは、第三王女アンジェリカ様への誤解が解けたことだ。

彼女は今まで、王女としての権力で腕のいい職人を自分の専属にして、他の貴族が依頼できないようにしていた。

そのため、『我儘姫《わがまま》』と呼ばれていた。

でも実際は、アンジェリカ様は悪い貴族から力の弱い職人を守るために、そのようなことを行《おこな》っていたとわかったのだ。

しかも、彼女は他の王族が何も対応できずにいた孤児たちを職人の弟子にしてもらうことで、孤児たちが自分で生きていけるように救済する活動もしていた。

誤解が解けたおかげで、彼女は今、いっそう国民のために働いているそうだ。

彼女は堂々と国の事業として、孤児を含めた子どものための学校の設立や、職人の技術を披露《ひろう》する場を設ける活動をしているらしく、忙しい日々を送っていると聞いた。

アンジェリカ様、今頃何をしているのかなあ。

過去に想いを馳《は》せていた私はハッとして、ついさっき渡された手紙に視線を落とす。

いけない、いけない。

今は手紙を読まなきゃ。

封筒を見ると、差出人はまさかのキリスさん！

半年くらい前にネビルさんに会った時、彼女は今妊娠中だって言っていたけど……

なんとなく緊張しながら、私は便箋《びんせん》を取り出した。

『親愛なるメリアへ
久しぶりだな。

元気にしているだろうか。

赤子のための贈り物、ありがとう。とても可愛くて気に入った。

特にあの、よだれかけ、といったか？　あれは便利だね。

同じように子育て中の知人たちが、こぞって真似をして作っていたよ。

さて、本題だ。

実はついに赤子が生まれたんだ。

この子が生まれてきたのは、君があの時、ネビルの背中を押してくれたおかげだと思う。

愛する人と結ばれ、我が子を抱く喜びを私に与えてくれてありがとう。

私は幸せ者だ。

それでなんだが、もしよければ、私たちの家に遊びに来ないか？

君ならば、余所者を嫌うエルフの里の者たちも、おそらく歓迎するだろう。

そうそう、ネビルに君の家族の力のことを聞いたよ。

もちろん、他言はしない。

むしろ、その力でぜひ私に……いや、私の子に会いに来てほしい。

君が来るのを心から楽しみにしているよ。

キリスより』

私は手紙を読み終えて、思わず頬を緩めた。

うわー、うわー、うわーー!!

赤ちゃん、生まれたんだ!!

だからネビルさん、急いで帰ったんだね。

むしろ、この手紙をリクロスに渡しに来てくれただけでも奇跡かもしれない!!

あのキリスさんのことが好きすぎるネビルさんが、こんなところまで来てくれたんだから!

「どうしたの？　メリア。嬉しそうだけど」

リクロスは不思議そうに私の顔を覗《のぞ》き込んでくる。

私は勢いよく顔を上げた。

「キリスさん、赤ちゃんが生まれたって！　会いに来てほしいって!!」

「ああ、らしいね」

冷静に頷くリクロスに、私は驚く。

「リクロス、知ってたの!?」

「彼がね、言っていたから」

リクロスは興味なさそうにそう呟いた。

その態度にむぅっとしてしまうけれど……確かに、リクロスとネビルさんは、王都までの道中でも、仲が良いようには見えなかったもんね。

「で、手紙にはなんて？」

「赤ちゃんを見に、エルフの里に来ないかって」

私がリクロスの問いに答えると、先ほどまでの淡々としていた態度が嘘のように、驚いた様子で私を見つめる。

「え？　あのエルフの里に？」

「え？　あの……？」

首を傾げた私に、リクロスはうーんと唸《うな》って困ったような顔をした。

「僕も一緒に行ってもいいかな？」

さっきまで全く興味がなさそうだったのに、どういう風の吹き回しだろう。

びっくりしてしまったけれど、一緒に来てくれるなら嬉しい。

「もちろん！」

そう答えると、リクロスは安心したように頷いた。

生まれたばかりの赤ちゃんに会いに行くんだから……贈り物が必要だよね！

私はじゃあ早速《さっそく》！　と、再度ハンマーを強く握りしめた。

そんな私を見て、リクロスは首を傾げる。

「何してるの？」

「キリスさんとネビルさんのお子さんへのプレゼントを作ろうと思って」

私が答えると、リクロスがじとっとした目で見てくる。

「君、確か前にも贈り物してなかった？」

キリスさんからの手紙にも書いてあった通り、私は以前、前世の知識を活《い》かしてよだれかけを作り、ネビルさんに渡した。

この世界では普及していなかったみたいだから、役に立ってよかったー。

そう思いつつ、私は頷く。

「あれは、結婚祝い兼、妊娠祝い。今から作るのは、お子さんへの誕生日祝いだよ！」

「……君、誰かに何かあげるの、好きなんだね」

リクロスが頭を抱《かか》えて、はあとため息をついた。

「……そうかもしれない」

自分の過去の行為を思い出すと、確かにいろいろな人にプレゼントをしてきた気がする……

今まで気づいていなかった自分の一癖《ひとくせ》に、思わず苦笑した。

「それで、メリア。いつ出発しようか？」

リクロスに聞かれて、私はうーんと考える。

「早いうちがいいと思うけど、遠くに行くなら準備が必要だよね。二日後とかどう？一度リクロスも帰って、支度《したく》したほうがいいだろうし」

「わかった」

リクロスは頷くと、すぐに帰っていった。

私は改めて、鍛冶場《かじば》に立つ。

さて、誕生日祝いとは言ったものの、赤ちゃんに何を作ろうかな……？

よだれかけを気に入ってくれたみたいだから、追加で作ってもいいんだけど……やっぱり、私の本職である鍛冶《かじ》で何か作りたい！

そうなると、何がいいだろうか？

んー、すぐには使えないけど、守刀《まもりがたな》とかいいかもしれない。

赤ちゃんはエルフの血が濃いから、魔法が使えるかもだし、魔法と相性がいい鉱石の、ミスリルで作れば……うん、いいかも！

そうと決まれば、早速《さっそく》作ろう‼

……と意気込んでみたものの、アイテムが無限に入る倉庫の中で、私は肩を落とした。

まさか、ミスリルの在庫が切れちゃってたとは思ってもみなかったよ。

ということで、私は久しぶりに我が家にあるダンジョンへとやってきた。

「アンバー、こっち？」

――ですわ。

ダンジョンについてきてもらったのは、土を司《つかさど》る神獣の眷属《けんぞく》のアンバー。

今まで知らなかったけど、彼女は目的の鉱石の在《あ》り処《か》を感じ取る力を持っていたのだ。ダンジョンに入ろうとしていると、「それなら私もついていきます」と言ってくれたおかげで、アンバーの能力が判明した。

「今まで、どうして言わなかったの？」

私がピックハンマーを手に持って歩きながら聞くと、アンバーは振り向いて答える。

――主《あるじ》さまは気づいていると思っていましたの……

「そうだったんだ」

まあ、普段はダンジョンに入っても適当に掘るから、アンバーの能力を知っててもうまく活用できなかっただろうけどね。知らない石が出てくる時もあって、宝探しみたいなの。

でも、今はミスリルを掘るという目的があるので、ものすごく頼りになる。

ダンジョン内は洞窟《どうくつ》だけど、入り口の燭台《しょくだい》に蝋燭《ろうそく》を置くと明るくなる仕組みになっているので、暗闇《くらやみ》に困ることはない。

この家にあるものは全て、神様が私に不都合がないように作ってくれたもの。

だからこのダンジョンも私が前世でやっていたゲームと同じ仕様にしてくれて、さらに鉱石を採《と》りやすくしてくれたみたい。

明るい洞窟《どうくつ》をキョロキョロと見回していると、アンバーがふと立ち止まった。

——あそこですわ。

彼女が指差すほうに視線をやると、小さく光っている鉱床《こうしょう》がある。

鉱石が眠っている鉱床《こうしょう》は、ほのかに光るようになっているのだ。

私はその鉱床《こうしょう》を何回かピックハンマーで叩いて、ミスリルを取り出す。

ミスリルはとても珍しいから、いつもは見つけるのも一苦労なんだけど……アンバーのおかげであっという間だった。

それからもアンバーの指示に従って、いくつかミスリルを掘り出した。

最初に比べるとピックハンマーのレベルがかなり高くなったから、鉱石を掘るのに何回も叩く必要はなくなったけど……さすがに疲れた。

鉱床《こうしょう》の岩は、ところどころ朧《おぼろ》げに光っている。

まだ見ぬ鉱石を惜《お》しみながらも、私はダンジョンの部屋を出て、鍛冶場《かじば》に戻ってきた。

守刀《まもりがたな》は、ぶっちゃけ、小さな刃物。

つまりはナイフだ。

それを、他の金属を混ぜず、全てミスリルで作ろう。

あと、小さな怪我《けが》くらいなら治せるように、セラフィに宝石に力を注《そそ》いでもらって、魔宝石《まほうせき》を埋め込もう。

眷属《けんぞく》は、自らの能力を宝石に込めることで、魔宝石という特別な力を持つものを作ることができる。

セラフィは癒《いや》しの力を持つ魔宝石を作れるんだよね。

そう思いながら私が手に取ったのは、水色の宝石――アクアマリンだ。

この石は、前の世界では水難除《よ》けのお守りでよく使われていた。

だから、昔から航海をする時なんかに持っていたそうで、さらに人生という名の航海をうまく乗り切れるという解釈もあって人気があったはず。

これで、準備はオーケー。

「ルビーくん、お願い！」

――おうよ！

ルビーくんが炎《ほのお》を操り、炉《ろ》に火が灯《とも》る。

その中に、先ほど掘ってきたミスリルを入れた。

炉《ろ》の中が光るタイミングでそれを取り出し、水が張ってあるバケツの中へ。

すると、不純物を取《と》り除《のぞ》いたミスリルの金属塊があっという間に出来上がった。

本当は金属塊を作るには、もっと工程を踏んで大変な作業をしなきゃいけないんだろうけど……

この家での鍛冶《かじ》のシステムは、私が前世で好きだったゲームの通り。

だから、すごく簡単なのだ。

それをスキルとして与えてもらったのだから、神様には感謝しかないな。

何かを作るたびにそう思ってしまう。

だって、神様のおかげで、私は大切な人に、その人の身を護《まも》るための何かを渡すことができるのだから。

金属塊ができたら、今度はいよいよ刀作りだ。

炉《ろ》の炎《ほのお》がどんどん大きくなる。

ミスリルは高い温度の炎《ほのお》じゃないと、強い武器にならない。

その調整が大変で、加工するのが難しいから、ミスリルの武器は稀少性《きしょうせい》が高い。

でもルビーくんは、金属の状況に合うように火を加減してくれるから、よりよい武器を作れちゃうんだよね。

私は再び炉《ろ》が光ったタイミングで、素早《すばや》く金属塊を取り出す。

真っ赤に染まり柔らかくなった金属の一部が、光り輝いている。

私はナビゲーションされるまま、光が灯《とも》る場所をハンマーで叩いた。

そうすると、だんだん金属塊の形が変わっていく。

それを見るのがとても楽しい。

やがて金属塊が刀の姿に変わっていき、金属を叩く音が高くなる。

よし、形は整った。

柄《つか》の部分に魔宝石を埋め込む。

あとはバケツの水に入れて金属を冷やすと……

水が蒸発して、光った。

これが、完成の合図のようなものだ。

取り出すと柄《つか》にアクアマリンがついた、刃渡り十センチメートルほどのナイフができた。

《アクアマリンの守護刀ー全てミスリルでできたナイフ。魔法との相性がいい。また、癒《いや》しの力を秘めており、持ち主を癒《いや》す力を持つ》

うん、いい感じだ。

炉《ろ》の炎《ほのお》を消したルビーくんも、完成した守護刀を見て満足げに頷いていた。

さて、贈り物もできたし、旅の準備をして……

——なぁ、主《あるじ》さん。

唐突にルビーくんが話しかけてきたので、私は振り返る。

「ん？　なあに??」

——明後日《あさって》は市場じゃあらへんかったか？

私はルビーくんに言われて、ハッとした。

「あ〜〜!!　そうだった！　忘れてたよ。ルビーくん、ありがとう！」

どうしよう、一ヶ月に一回、市場に出店しなきゃいけないのに……

私は、この家から一番近い村であるフォルジャモン村の村長のマルクさんや、ギルド長のフェイさんに、そう約束しているのだ。

「えーと、とりあえず、マルクさんに相談に行こう。オニキス、オパール、お願いできる？」

――わかった！　わかった！

――うん。

この家からフォルジャモン村までは、そこそこ距離がある。

歩いていくのは辛《つら》いから、オニキスに大きくなってもらって、背中に乗って飛んで移動することが多かった。

でも、オパールが来てからは、オニキスが操る影にオパールが空間を繋《つな》げるという二人の協力プレイに助けられっぱなしだ。

私は最低限必要だろうという品物をアイテムボックスに詰め込み、オニキスとオパールの力で、家の中の影から村の近くの茂みの影に移動させてもらう。

出てくるのを誰かに見られたら大変だから、移動する時は人目がなさそうなところに到着するようにしてる。

「二匹ともありがとう」

お礼を言ったあと二匹を抱き上げて、村に入る。

表通りをまっすぐ行くと、マルクさんの家が見えてきた。

「あら、メリアちゃん」

後ろから声をかけられて振り向くと、にっこりと眩《まぶ》しい笑顔の女性が立っている。

エレナさんだ。

彼女はマルクさんの娘さんで、私にいつもよくしてくれる優しいお姉さん。

「こんにちは、エレナさん」

私が挨拶《あいさつ》すると、エレナさんは微笑んだまま首を傾げた。

「今日はどうしたの？」

「えっと、マルクさんに相談したいことがあって……」

「それなら、父は今、家にいるわよ。どうぞ、上がってちょうだい」

うふふと嬉しそうに笑い声を漏らすエレナさんに優雅な足取りで奥へ促《うなが》され、いつもの客間へ上がる。

「今、父は手が離せないみたいだから、わたくしとおしゃべりでもして待っていてくれる？　昨日、美味《おい》しいパウンドケーキを作ったところなの」

「え、あの、お構いなく……！」

私は恐縮するけれど、エレナさんは「ちょうどよかった～」と言って出ていってしまう。

結局私は、それからすぐにお菓子の用意をして戻ってきたエレナさんと、世間話をしながらお茶を楽しむことになった。

エレナさんは、私がマルクさんのところに遊びに来ると、毎回こうして私が退屈しないように一緒に待ってくれる上に、美味《おい》しいお茶菓子をくれるのだ。

でも、食べているところをじっと見られるので、若干落ち着かない。

二十分くらいそうしていると、ノックの音が聞こえた。

「私だ。失礼するよ」

そう言って扉から入ってきたのは、ダンディという言葉が似合う長身の男性――マルクさんだ。

「いつも突然ですみません！」

すぐに私は立ち上がってお辞儀をしようとするけれど、マルクさんは手で制する。

「いいんだ。こちらこそ、待たせてすまなかったね」

「いえ、そんな……」

首を横に振っていると、マルクさんに座るよう促《うなが》された。

私はまたソファに座る。

エレナさんは、私たちのやり取りを見ながら、マルクさんの分のお茶を淹《い》れた。

そして、マルクさんが何か言う前に、彼女は席を立つ。

「じゃあ、わたくしはこれで。楽しかったわ。またお話ししましょうね、メリアちゃん」

マルクさんはエレナさんが部屋から出ていくのを見送ると、私に向き直って尋ねる。

「それで、今日はどうしたんだい？」

「実は、明後日《あさって》にエルフの里まで行くつもりなんです。それで――」

「エルフの里、だって⁉」

マルクさんは驚いたように声をあげる。

私は頷いて、事のあらましを説明した。

全て聞き終えたあと、マルクさんは一度頷く。

「……なるほど、そういうことなら、いつものように品物を用意してもらえれば、こちらで責任を持って売ろう。メリアくんはエルフの里に行ってくれて構わない」

「本当ですか！」

「ああ、ネビルくんには以前世話になったし、それくらいはお安い御用だ」

「ありがとうございます‼」

私が王都まで行った時、ネビルさんは馬車の御者《ぎょしゃ》をしてくれたんだけど、それはマルクさんの依頼だった。

きっと、そのことを言っているんだろう。

そうと決まればと、私は鞄《かばん》の中でアイテムボックスを開いた。

アイテムボックスは、本当はどこでも開くことができるんだけど……チートすぎるスキルだから、他の人に使えることをなるべく知られたくない。

だから私は外出する時、いつも普通の鞄《かばん》を持って、その中でアイテムボックスを開くようにしている。

そうすれば、ものを無限に収納できるアイテムである、マジックバッグみたいに見えるから。

マジックバッグは高価なものだけれど、アイテムボックスよりは珍しくないからね。

私はアイテムボックスを開いた鞄《かばん》の中をわざとらしくガサガサと漁《あさ》り、家から持ってきていた商品をマルクさんに渡した。

そして早々に帰ろうとしたら、マルクさんに引き止められる。

「メリアくん、ちょっと待ってくれ。エルフの里に行く前に、フェイのところにも顔を出してやってくれないか？　彼もずいぶん里帰りしていないからなぁ」

「え……フェイさんのところ、ですか？」

「ああ、頼むよ」

マルクさんに頭を下げられたら、行くしかないかな。

私が諦《あきら》めてため息をつくと、ずっと腕の中で大人しくしていたオニキスとオパールが、僅《わず》かに身じろいだ。

別に、私自身はフェイさんを苦手としているわけではないので、顔を出すのは全然苦痛じゃない。

じゃあ、なんでこんなに足取りが重いかというと――

「け、ん、ぞ、く、様ーーーー!!!」

私がギルドに着いた途端、語尾にハートマークがつきそうな猫撫で声が聞こえた。

彼は指を組み、いつものクールなキャラが家出してしまったかのようなデレっぷりを見せる。

その熱い視線は、私の腕の中で怯《おび》えているオニキスとオパールに向けられていた。

そう、この村のギルド長のフェイさんはエルフ族で、神獣とその眷属《けんぞく》が大好きなのだ。

ブルリと居心地が悪そうに震える二匹を、そっと私の背に隠す。

それに対してフェイさんは「ああっ!」と悲痛な声をあげたあと、私を見た。

「それで、なんの用だ」

……この見事な変わりようにはびっくりである。

さっきまでのデレデレさが嘘のように、フェイさんはキリッとした表情になっている。

私は苦笑いを浮かべつつ、口を開いた。

「えーと、実は二日後、エルフの里に行くことになりました」

「エルフの？　…………まあ、お前なら大丈夫か」

フェイさんは何か言いたそうに考え込んだけど、自分だけで納得してしまったらしい。

その意図がよくわからず、私は首を傾げながら言葉を続けた。

「このことをマルクさんに伝えたら、フェイさんもずいぶん里帰りしていないから、一声かけてくれないかと言われまして」

「あいつ、余計なことを……」

フェイさんは、僅《わず》かに眉をひそめる。

そんな嫌そうに言わなくてもいいんじゃないかな……ご家族への手紙とか伝言とかあるんじゃないかっていう、マルクさんの優しさだろうに。

そう思っていると、フェイさんは何やら手帳のようなものを取り出した。

「出発は二日後だったな」

「はい。リクロスとその日に行こうと約束しました」

「ふむ。なら、それに俺も同行させてもらうことにする」

「え゛ー!!　大丈夫なんですか!?」

私は思わず驚きの声をあげた。

突然仕事を抜けるとか、いいの⁉

冒険者ギルドの責任者がいないとか、あり？

しかも、市場の日だよ？

村中から人が集まるんだから、何か問題が起きたらギルドが対応しなきゃいけないんじゃ……

「そんなに心配するな。ジャンに留守番を頼んでおくさ」

私が心配していることに気づいたのか、フェイさんは安心させるように言った。

彼の口から出た思わぬ名前に、私は首を傾げる。

「ジャンさんに？」

「あいつはここの古株《ふるかぶ》だからな。こういう時、頼りになるんだ」

「へー……」

私はぼんやりと相槌《あいづち》を打つ。

ジャンさんは、私がこの世界に来て初めてギルドを訪れた時に対応してくれた、フォルジャモン村のギルドの職員さん。

猫の獣人さんなんだけど、気まぐれでいつもお昼寝しているイメージが強い。

だから、頼りになるってフェイさんが言うのは、ちょっと意外な気がした。

でも、確かにジャンさんは勘がいいみたいで、他の人たちにはバレなかったのに、私が神獣の眷属《けんぞく》たちを連れているのにも気づいていた。

元冒険者とも言っていたし……実はきちんと働いているのかも。

私がそんなことを考えていると、フェイさんが聞いてくる。

「エルフの里へは、眷属《けんぞく》様のお力で向かうんだろう？」

「はい、そうです」

「つまり、俺もそのお力に触《ふ》れられる……くふ、くふふ」

不気味な声を漏らしながら笑うフェイさん。

……ああ、また、眷属《けんぞく》様大好きモードに入ってしまった。

心酔している様子のフェイさんには、何を言っても通用しない。

フェイさんは、完全に私たちについてくる気みたい。

私の背後でオニキスとオパールが怯《おび》えているのが伝わってくる。

「そ、それじゃあ」

若干私も青ざめながら、ギルド長の部屋をあとにした。

「はぁ……キリスさんたちのお祝いをするはずだったのに、なんか変なことになっちゃったな」

ため息をついて、カウンターを見る。

窓から射《さ》すあたたかな光の中で、いつも通りジャンさんが気持ちよさそうに眠っている。

平和そのものの光景だけど……これから、フェイさんにお仕事を振られて忙しくなるんだろうな。

私は内心で「御愁傷様《ごしゅうしょうさま》ー」と両手を合わせるのだった。

第二章　エルフの里へ

私がギルドから帰ってくると、風を司《つかさど》る虎《とら》の眷属《けんぞく》であるジェードが家に戻ってきていた。

「あ、ジェード、おかえり」

——おい、ノロマぁ！　うまいご飯よこせぇー!!

ジェードは挨拶《あいさつ》もそこそこに私に身体を押しつけて、ご飯をねだる。

尻尾《しっぽ》がするりと腕を撫でて、くすぐったい。

そうだ、ジェードにも明後日《あさって》のことを伝えないとね。

ジェードはふらふらと何日もどこかへ行ってしまうことが多いから、このタイミングで帰ってきてくれてよかったよ。

「ジェード、ちょうどよかった。明後日《あさって》お出かけするんだ」

——は？

ジェードはわけがわからないというように目をまんまるにして私を見る。

「エルフの里に行こうと思うの」

――ふーん。まあ、おいらには関係ないから、どうでもいいや。それよりうまいもんー！

「はいはい……」

神獣の眷属《けんぞく》は食べなくても生きていけるはずなのに、ジェードは結構食いしん坊だ。

こうなると話も聞いてくれないので、私は彼用にストックしているミートパイを取り出して渡す。

途端にジェードは私の手からミートパイを奪い取って、木の上へと登ってしまった。

――うまうまー。

ジェードは満足げにミートパイを頬張っている。

全くもう！　本当に自分勝手なんだから！

でも、嬉しそうに食べる姿が可愛くて、ついつい許しちゃうんだよね……

あ、そうだ。話の続き。

「それでね、話の流れ……ってやつで、フェイさんも一緒に行くことになっちゃったの」

そう告げると、フェイさんのことを知る眷属《けんぞく》の皆は嫌そうな顔をし、ジェードだけが
そんな皆の反応にポカンとして、首を傾げる。

ジェードは、まだフェイさんに会っていない。

だから、熱烈すぎる歓迎を受けていないんだよね……

私がフェイさんのことを教えると、ジェードは大きく口を開けて笑った。

――なんだよー。ただのエルフにそんな顔するなんて。

――其方《そち》はあの者を知らぬから、そう言えるのじゃ……

――そだよ～。しつこいし、あの人苦手～。

セラフィとラリマーは、ジェードにそう返す。

そして、エルフの里には行かず、お留守番すると言い始めた。

身体の大きいセラフィとラリマーは、王都に行く時も移動が難しいからと、お留守番していた。

王城に到着してから許可をもらい、オパールの作る空間を使って、二匹にはあとで来てもらったんだ。

彼らも小さい姿になれば家の中に入れるんだけど、それは疲れるからなるべくしたくないらしい。

そうなると、キリスさんたちの迷惑になっちゃうかもしれない。

それなら、前のように何かあった時に来てもらうほうがいいかな？

私はそう思い、二人がお留守番することを了承する。

よし、それじゃあ私は準備にとりかかろう！


二日なんて、すぐに経ってしまうものだ。

「お子さんへのお土産《みやげ》よーし！　お菓子とかもよーし！」

アイテムボックスの中を確認し、お気に入りの服を数着入れる。

お出かけの準備はこれでよし！

ひらりとワンピースを翻《ひるがえ》しながら姿見を見た。

うん、いい感じ。

眷属《けんぞく》の皆に籠《かご》の中に入ってもらうと、私はエルフの里に向かうべく家を出た。

「それじゃあ、行ってくるね」

――いってらっしゃーい。

――気をつけるのじゃぞ！

のんびりとしたラリマーと、心配そうなセラフィに、私は頷く。

「うん。ラリマー、セラフィ、お留守番、よろしくね」

――わかった～。

――何かあれば、オパールを寄こすがよい。

二匹を置いて、家の防犯システムを作動させる。

これで、変な人は入ってこられない！

私はこの世界に転生させてもらう時に、不審者が入ってこない家に住めるようにお願いした。

そのため、この家のセキュリティーは万全なのだ。

家から出ると、そこにはすでにフェイさんとリクロスが待っていた。

リクロスは静かに木にもたれかかっていて、フェイさんは……先に外に出ていたオニキスと鬼ごっこをしている。

「お待ちくださーい！　闇《やみ》の神獣の眷属《けんぞく》様ーー‼」

――嫌だ。嫌だ。

オニキスは走り回り、私の腕の中に入ってきた。

「ああー」

フェイさんが落胆の声をあげる。

オニキスはほっとしたようにため息をついて、私の腕の中で羽繕《はづくろ》いをし始めた。

私は呆《あき》れながら、フェイさんを見る。

「何やってるんですか……」

「何って、挨拶《あいさつ》をだなぁ」

「めちゃくちゃ嫌がってたじゃないですか」

「うぐ……！」

私の言葉に傷ついたとばかりに、フェイさんは胸を押さえる。

ノリがよくて、付き合いやすい人だと思う。

まあ、眷属《けんぞく》の皆が絡まなければ……だけど。

他の子たちも嫌がるので、フェイさんには悪いけど数メートル離れてもらうことで、決着がついた。

事態が落ち着いたことを察したのだろう。リクロスが私のほうへ歩いてくる。

「話は終わった？」

「うん、待たせてごめんね」

「いや、元々僕が頼んだことでもあるからね」

そう言って、リクロスはフェイさんのほうを向いて頭を下げた。

「今回の旅はよろしく」

「俺も突然同行することになって、すまなかったな」

そう言いながら軽くペコッと頭を下げたフェイさんに、リクロスは首を横に振って微笑んだ。

「いや、久々の故郷なら、楽しんで」

そんな二人の様子を眺めたあと、私は腕の中にいるオニキスと、籠《かご》の中に入っている
オパールに話しかける。

「じゃあ、お願いね。オニキス！　オパール！　キリスさんのところへ連れていって」

オニキスとオパールはそれぞれ地上に下り、木の影に向かった。

二匹の力で、影が水面《みなも》のように揺らめく。

――繋《つな》がった！　繋《つな》がった!!

オニキスははしゃいで、空間が繋《つな》がったことを教えてくれる。

「オニキス、オパール、ありがとう。繋《つな》がったみたいです。行きましょう！」

私がフェイさんとリクロスにそう伝えると、フェイさんはおずおずと一歩前に出た。

「じゃあ、最初は……お、俺が行っていいか？」

「フェイさん？　構いませんけど……キリスさんと面識はあるんですか？」

突然見知らぬ男性が現れたら、キリスさんはビックリしちゃうよね？

そう思って言ってみたんだけど、フェイさんは「あのなー」と頭をかいた。

「俺はこう見えても、ギルド長だぞ？　だいたいの冒険者とは面識があるに決まってい

るし、ネビルを御者《ぎょしゃ》に推したのも俺だ」

「ええ！　そうだったんですか!?」

てっきりマルクさんだと思ってたよ！

確かに、以前キリスさんとネビルさんは二人で冒険者として活動していたけど……たくさんいる冒険者一人一人を覚えているなんて、フェイさんはすごい人らしい。

「と、いうわけで、俺から行くぞ」

「は、はい。それなら大丈夫だろうし、どうぞー！」

もう止める理由はないので頷くと、フェイさんが張り切って前に出る。

……けど、なかなか動かない。

いや、小刻みに震えてはいるみたいだけど……

「はぁ……こ、これが眷属《けんぞく》様のお力の一部……まさか、俺がその神秘に触《ふ》れられるなんて……」

心酔モードに入っちゃってるーー!!

ど、どうしよう。

オニキスもオパールもおろおろしちゃってる。

「ああ……これが、夢にまで見た……」

「さっさと行ってくれないかな？　ずっと空間を繋《つな》いでいるのって、大変だと思うんだけど？」

リクロスが見るに見かねてそう言ってくれた。

「……わかっている」

フェイさんは我に返ったようで、覚悟らしき何かを決めて、水面《みなも》のように揺らめく影に飛び込んだ。

ようやく飛び込んだフェイさんにホッとしていると、リクロスが提案する。

「メリア、僕はそのキリスって人を知らないから、最後に入るよ。先に行ってくれるかい？」

「わかった！」

それならと、眷属《けんぞく》の皆と一緒に向かう。

その瞬間、暗いトンネルをぐり抜けているような感覚になり、最後は滑《すべ》り台《だい》のように、急斜面を滑《すべ》っていく。

「え？　ええ⁉」

――遠いから、少し空間が歪《ゆが》んでるみたい。気をつけて。

「わ、わかったー」

オパールの言葉に、思わず身構える。

やがて前方に光が見え、そのまま私は落下した。

ドシンッ。

「あわわっ！　いったー……い!?」

うまく受け身を取ることができず、尻餅《しりもち》をついてしまった。

どうやら、ここは部屋の中らしいのだけれど……そんなことよりも、前方に広がる光景に目を疑ってしまう。

キリスさんが、フェイさんに、鈍《にぶ》く光る剣を、突き出してる？

え？　ええ？　なんで？

面識あるんだよねぇ!?

私も戸惑《とまど》っていたけれど、キリスさんのほうも私が現れたことで目を丸くする。

「メリアか？」

「は、はい。お久しぶりです……！」

「ああ、久しいな！　また会えて嬉しいよ!!」

キリスさんは笑顔で私に挨拶《あいさつ》をしてくれるけど、未だに剣はフェイさんに向けられたままだ。

居ても立ってもいられず、私はおそるおそる口を開く。

「と、ところで、いったいなぜキリスさんは、フェイさんに剣を向けていらっしゃるのでしょうか？」

すると、キリスさんは不思議そうに首を傾げた。

「ん？　彼はメリアの知り合いか？　不審者だと思ってな」

「え、フェイさんは、フォルジャモン村のギルド長ですよ！　キリスさんとも面識があるって聞いて……」

「ギルド……長…………？」

キリスさんは目をパチクリさせて、もう一度フェイさんを見る。

そして私とフェイさんを交互に見て、「あぁー！」と声をあげた。

そのあと、「すみませんっ！　忘れてました」ときっぱり言いきる。

「…………とりあえず……剣を下ろしてくれ」

青ざめたフェイさんが、キリスさんに言う。

キリスさんも、そうだった！　と言わんばかりの表情で、剣をカチンと鞘《さや》におさめた。

その時、私のあとに無事に空間を通ってきたらしいリクロスが、キリスさんの前に現れた。

「あれ？　メリアどうしたの？　なんかあった？」

「ああ、リクロス、あのね、フェイさんが――」

「お前は何者だーー!?」

私の言葉を遮《さえぎ》るように、キリスさんの絶叫が響く。

これは、またちゃんと説明しなければ……

私は、やれやれと肩を落としたのだった。


そのあと、私たちはなんとか落ち着いたキリスさんに連れられ、廊下を歩いていた。

「最近どうもネビルのドジが移ってしまったようでな」

キリスさんは歩きながら苦笑いする。

キリスさんはそう言ってくれたけど……私たちが出た場所は、キリスさんの私室だったらしい。

それは確かに、驚くよねえ……

眷族《けんぞく》の能力を使ってきてくれていいって言ってくれていたとはいえ、やっぱり招待された私が先頭で来るべきだったかも。

キリスさんは冒険者をしていた時の動きやすそうな服ではなく、この世界ではあまり見たことがない、ふんわりした服装をしている。

その服の雰囲気とあいまって、穏やかで柔らかい印象を覚えた。

私たちはキリスさんに案内され、居間に入る。

そこにはネビルさんがいた。

彼はキリスさんを見て満面の笑みを浮かべ、そしてあとから入ってきた私たちを見て苦虫を噛《か》み潰《つぶ》したような顔をした。

すごい、顔芸のようだ。

「僕らの愛の巣に……」

「ネビル。私が呼んだんだ」

ネビルさんの恨《うら》みのこもった声に、キリスさんの叱咤《しった》が飛ぶ。

ネビルさんは、食い下がるように声をあげた。

「知ってるよ！　でも、呼んだのはメリアだけで、他は呼んでないだろう⁉」

ネビルさん的には、私の他にもゾロゾロと人が来たのが気に食わないのだろう。

私は少しだけ申し訳なくなって、ペコリと頭を下げた。

「すみません。エルフの里に行くって伝えたら、この二人も行きたいって言うので……」

「君には一応、お世話になったからね。僕もお祝いを持ってきたよ」

私に続いてリクロスはそう言うと、小さな箱を取り出した。

お祝い。

その一言《ひとこと》で、私も準備していたものを取り出す。

「私からも、出産祝いです。言うのが遅れましたが、お二人とも、おめでとうございます！」

私が笑顔を向けると、キリスさんは感激したように私を見た。

「ありがとう、メリア」

「ふーん、まあ、受け取ってあげるよ」

キリスさんは不機嫌そうなネビルさんを叱《しか》りつける。

そして、二人は私とリクロスからの贈り物を受け取ってくれた。

その瞬間、銀色に光るお揃《そろ》いの腕輪が、袖口《そでぐち》からチラリと見える。

あ……これは……

「ふふ。覚えているか？　君がネビルに持たせてくれた腕輪だ。この里に戻ることを決めた時や、子どもがお腹に宿った時、そのたびにこの腕輪に触《ふ》れて、勇気をもらったよ」

私が凝視《ぎょうし》しているのに気づいたのだろう。

キリスさんはその腕輪をそっと撫でながら、私を見た。

あの時、作った腕輪……

まだスキルに慣れてない時の作品だから、なんの能力もない、ただのアクセサリーなのに。

彼女に勇気を与えられたと聞いて、とても嬉しくなった。

「あ、そういえば、赤ちゃんは？」

私は照れているのを隠すために、部屋を見回す。

「ここにいるよ」

「今はよく眠っている」

ネビルさんとキリスさんは、部屋の隅《すみ》に置いてある木製の小さな籠《かご》に歩み寄り、その中を愛《いと》しそうに覗《のぞ》き込んだ。

私も中を覗《のぞ》き込むと、そこにはぷっくらとした赤ちゃんの姿がある。

私があげたよだれかけも活躍しているみたい。

幸せそうにふにゃーと眠っている赤ちゃんは、本当に可愛い!!

小さくてぷにっとしたおてて、ぽっこりしたお腹、ネビルさんに似て少し癖のある、明るい黄緑色の髪。

「ふふ、両親想いなのか、よく寝るいい子なんだ」

キリスさんが赤ちゃんの頬を優しく撫でる。

本当に幸せそうにしている二人を見て、ホッとした。

「この子のお名前は？」

私がそう尋ねると、キリスさんとネビルさんは顔を見合わせたあと、私を見た。

「まだ決まっていないんだ。できれば、君に決めてほしくて」

「キリスがさ、どーしてもって言うから！　いい名前にしないと怒るからね!!」

「え……？」

突然のことに驚いて、私は自分を指差す。

二人はこくんと頷いて肯定した。

どうしようとリクロスを見るけれど、彼も頷くだけだ。

名前なんて大事なもの、私が決めてもいいのかな……？

「君がいなかったら、この子は生まれなかったかもしれない。だから、私たちは君にこの子の名前をつけてほしいんだ」

「キリスさん……」

彼女の言葉に、息が詰まる。

この人は、なんでこんなに優しいのだろう。

私は、その優しさに何か返せるのかな？

キリスさんが、そしてネビルさんがそれを望んでくれるのなら……

「……リアン。この子の名前はリアン」

フランス語で絆《きずな》という意味の『Lien』からとった名前。

キリスさんとネビルさんの絆《きずな》の証《あかし》であり、私たちとの間を結んでくれる存在。

だから、リアン。

「リアン。いい響きだ」

「センス悪かったら文句言うつもりだったけど……思ってたよりいい名前だから、許してあげるよ」

キリスさんが、私がつけた名前を繰り返す。

ネビルさんも、素直じゃないけど納得してくれたようだ。

私は、再び赤ちゃんを見る。

「君の名前は、リアンだよ」

そう呟いたら、赤ちゃんは寝ているのに嬉しそうに笑った気がした。

しばらく赤ちゃん――リアンを見ていたら、今まで私たちのやり取りを黙って聞いていたフェイさんが、口を開く。

「外を見て回らないか？」

「外って……エルフの里ですよね？　余所者が勝手に出歩いていいのかな？」

エルフは同族意識の高い種族で、他の種族をあまり好まないと聞いたけれど……

私がそう思案していると、フェイさんは任せろというように笑う。

「大丈夫だ。俺も行くしな」

「なら、僕も行くよ」

リクロスもそう言ってくれる。

フェイさんはエルフだから、一緒にいてくれたら安心だ。

エルフは神様と同種族にしか興味を示さない分、他の種族には忌《い》み嫌われている魔族を、特別差別することもないらしい。

だから、リクロスだけが嫌な思いをすることはないよね。

それに、私もリクロスがいたら心強いし……

「二人が来てくれるなら、行ってみようかな」

「メリア。……少し、彼らの視線は他種族にはきついかもしれないが……気にしないでくれ」

元々ハーフエルフで、里では浮いた存在だったというキリスさんが、泣きそうな顔をして言った。

その顔には、嫌いにならないでと書いてあるようだ。

「大丈夫ですよ！」

私はキリスさんを安心させるために、胸を叩く。

前世で働いてた会社より悪い環境なんてないだろうしね。

私はにっこり微笑んで、眷属《けんぞく》の皆を見る。

「じゃあ、皆行こうか」

――おー！

――楽しみですね。

ルビーくんとアンバーは跳ねて、私の腕の中に飛び込んだ。

――いっつも闇《やみ》のばっかりズルいんや。

――たまには私たちも、主《あるじ》さまに抱っこされて移動したいのですわ。

ルビーくんがしてやったりという顔をして、アンバーもお鼻をヒクヒクさせて私を見上げた。

何、その理由。可愛すぎるんだけど!!

上目遣いもあいまって、余計に可愛い。

二匹とも、自分の可愛さをわかってやってるでしょ!!

フローは私の腕に巻きつき、オパールは頭の上に乗る。

二匹のいつもの位置だね。

唯一くっつけなかったオニキスが、あわあわと私の周りをクルクル回る。

――ズルい！　ズルい!!

「さすがに三匹は持てないし……リクロス、オニキスを頼める？」

「僕はいいけど、納得するかな？」

オニキスを見て、リクロスはうーんと頬をかいた。

「なら、お、俺が……いや、私めがお運びを……！」

私たちが悩んでいると、フェイさんが立候補したけれど……

――嫌、嫌ダァ!!!

オニキスは絶叫して、リクロスの腕の中に飛び込んだ。

……まあ、瞳孔《どうこう》を開いて、はぁはぁと興奮している人に抱っこされるのは、嫌だよねぇ。

呆《あき》れ顔のリクロスと、唖然としてるキリスさんたちをよそに、フェイさんはとてつもなく残念そうだ。

けれど、すぐに「じゃあ、行くか……」と肩を落としたまま歩き始めた。

私もそれについていく。

「じゃあ、いってきます！」

「ああ、いってらっしゃい」

私が声をかけると、キリスさんは手を振って見送ってくれる。

外に出てみると、キリスさんたちの家は、ログハウスに似ているということがわかった。

そして、周辺には木が多くて、人の気配は少ない。

どうやら、里の中でも集落から離れた場所に家を建てたようだ。

「えーと、里はこっちだな」

フェイさんが辺《あた》りを見回す。

そして、歩きながら私に話しかけてくる。

「あのな。先に言っておくが、この里の奴らはお前らを歓迎してないわけじゃないぞ」

「え？」

意外な言葉に、私は目を丸くした。

フェイさんはそんな私をチラリと見たあと、話を続ける。

「ぶっちゃけ、あいつらは他人を相手にした時、どうすればいいのかわからないだけなんだよ。自分たち以外の種族にあんまり会わない、引きこもり種族だからな」

「自分の種族を引きこもりって……」

思わず苦笑すると、フェイさんは淡々と言った。

「実際、一部の奴らを除いて引きこもってるからな。キリスは自分がハーフエルフだから仲間扱いされなかったと思っているのかもしれないが……ハーフエルフなんて数百年ぶりに生まれたから、どう接したらいいかわからなかったんだろう。新しい命も、多分里の皆はすごく喜んでる。仕方のない奴らなんだ」

フェイさんは、そう言ってため息をつく。

そうだよね。本当に認めてなかったら、家なんて作ってあげないよね。

この里にいるのは、エルフだけ。

大工さんのエルフが、二人の新居を建ててあげたに決まっているのだから。

なんか、そう思うと微笑ましく感じるのは、なんでだろう。

なごやかな気持ちで私は、フェイさんに相槌《あいづち》を打った。

「そうなんですね」

「ああ……って、着いたみたいだな」

フェイさんが足を止める。

どうやら、ここがエルフの里の集落らしい。

里の中は、ログハウスとツリーハウスが立ち並んでいる。

前世でよくやったファンタジー世界が舞台のゲームと同じように、エルフは自然を愛する種族みたい。

時折通り過ぎるエルフたちの服は、キリスさんが着ていたものと似た形をしている。

見慣れない服装だから、民族衣装なのだろう。

彼らは私たちの姿に気づくと、目を見開いて遠巻きに見つめてくる。

これが、キリスさんが心配してたことなんだろうな。

……あれ？　っていうか、よく見ると拝《おが》まれてる？

あ、そうか。眷属《けんぞく》の皆がいるからか。

フェイさんの態度は異常だけど、眷属《けんぞく》はエルフたちの信仰の対象。

だから、見られてるのかな？

そうだとしても、こんなに視線を感じると、やっぱり居心地が悪いなぁ。

その時、ふと不思議な建物が目に入った。

なんだか、あそこだけ他の建物とは違う。石造りのようだ。

「フェイさん、あそこは？」

「ん？　ああ、あそこは、湯治場《とうじば》だよ。火の眷属《けんぞく》様と水の眷属《けんぞく》様、そして地の眷属《けんぞく》様のお力を感じられる場所でな」

フェイさんの答えを聞いて、私は目を輝かせた。

「湯治場《とうじば》って、温泉!?」

「まあ、そうとも言うな。傷の治りが早いと評判なんだ」

「この世界にも温泉があったなんて……」

私は思わず呟きながらふらりと引き込まれるように建物に向かいかけたけれど、リクロスに止められる。

「ダメだよ、メリア。あそこはエルフたちにとって、特別な場所なようだし」

辺《あた》りを見回すと、確かに遠巻きにしているエルフたちの視線が、先ほどの様子とは違う気がする。

「まあ、そうだな。あそこは怪我《けが》をした者が入る場所だし、余所者が入るのは嫌がるだろうな」

「そうなんですね……残念」

フェイさんの言葉に、私は心からそう言った。

この世界にも温泉があるなんて、思ってもみなかったから。

探せば、他のところにもあるのかなあ?

温泉、入りたいなあ……

むむむ……と私が唸《うな》っていると、リクロスが尋ねる。

「メリアは温泉が好きなのかい？」

「うん、大好きだよ！　お風呂とはまた違って、楽しいもの」

「へえ。温泉は怪我《けが》を治すために入るものだと思っていたよ。楽しいものだとは考えたことがなかった」

リクロスの言葉に、フェイさんも頷く。

どうやらこの世界では、温泉には湯治《とうじ》目的でしか入らないようだ。

もったいないなぁ。

そんな気持ちを抱《いだ》きながら、私たちはエルフの里をもう少し見て回る。

そのあと、フェイさんは私とリクロスをキリスさんたちの家へ送ってくれた。

そしてキリスさんたちに私たちのことを頼むと、実家に帰ると言って去っていった。

フェイさんは元々里帰りのために同行したんだもんね。

最後まで、眷属《けんぞく》の皆を惜《お》しむように見ていたけど……

私が苦笑いしていると、フェイさんの背中を見送っていたキリスさんが、こちらに向き直る。

わざわざ外に出てきてくれたキリスさんは、リアンを抱っこしていた。

「おかえり、メリア。ご飯、できてるぞ」

「わあ。キリスさん、ありがとうございます。リアン、起きたんですね」

「ああ。ほら、リアン。彼女がお前の名付け親だぞー」

「あーあぅーあぶぅぅー」

私に向かって手を伸ばしてくるリアンは、とても可愛い。

「ルビーくん、アンバー、下りてもらっていい？　キリスさん、抱っこしていいですか？」

「ああ、いいぞ」

二匹を下ろして、リアンを抱きしめる。

重たくてあたたかい。

これが、赤ちゃんの重みなんだ。

「あぶぅー」

リアンが私の髪を思いっきり引っ張った。

「うっ。痛い痛い」

「あばばー！」

私が痛がったのが楽しかったのか、リアンはますます私の髪を鷲掴《わしづか》みにする。

そして、きゃっきゃっと楽しそうに声をあげた。

キリスさんが、慌《あわ》てて止めに入る。

「こら、リアン。人の髪を引っ張ったらダメじゃないか。全く……」

「あぅーうー」

リアンは楽しそうに笑う。

キリスさんは少しだけ眉尻を下げた。

「本当に困った子だ。すまないな、メリア」

「いえいえ、大丈夫です。もう引っ張っちゃ、やーよー」

「あぶぶぶー」

私はキリスさんにもう一度抱っこされたリアンの頬を突《つつ》く。

すると、今度はリアンは私の指を小さな手で掴み、口へと運んだ。

私は咄嗟《とっさ》に指を引っ込める。

それが悲しかったのか、リアンは泣き出してしまった。

「う、あーーん！」

「ああ！　ごめんなさい」

さすがに指を口に含ませるのは衛生的にダメだと思って引っ込めちゃったけど、泣かせてしまって申し訳ない。

私が謝ると、キリスさんは首を横に振る。

「いや、大丈夫だ。ほーら、リアン。よしよーし」

キリスさんが優しくあやすけど、リアンは泣きやまない。

どうしよう、私のせいで……

そう思った時。

「〜〜♪」

聞こえてきたのは、優しい歌だった。

慈愛《じあい》に満ちた、愛《いと》しい子どもへ向けた歌。

しばらくその歌声を聞いていると、リアンは落ち着きを取り戻したのか、眠りについた。

歌い終えたキリスさんは、穏やかに微笑む。

「この子、この歌が大好きみたいでね。聞くとすぐに眠ってしまうんだよ」

「そうなんですね。でも、わかる気がします」

こんなに素敵な歌声を聞いて、落ち着かないわけがない。

私まで優しい気持ちになっていると、キリスさんは私を家の中へ促《うなが》す。

「さぁ、私たちはご飯にしよう。今日は泊まっていくといい」

「ありがとう、キリスさん。お皿洗いは私がやるね」

「おいおい、お客様に働かせる気はないんだが……」

キリスさんは恐縮した様子だけれど、私はブンブンと首を横に振った。

「お世話になるんだから、それくらいさせてくれないと！」

「全く、メリアは頑固だな。じゃあ、お願いしようかな」

キリスさんは諦《あきら》めたようにそう言って、私とリクロスを居間まで連れていってくれる。

居間のテーブルには、たくさんの料理が並べられていた。

クスクスと笑いながら私たちはテーブルを囲み、食事を楽しんだ。


団欒《だんらん》の時間が終わり、キリスさんが案内してくれた部屋のベッドに入る。

この部屋は、キリスさんたちの家の唯一の客間らしい。

私はリクロスと同室でもいいと伝えたのだけど、リクロスが「女性と同室は……」と難色を示したから、一人でここを使うことになった。

リクロスはどこに泊まるんだろうと思っていたら、意外にもネビルさんがすぐに「なら僕の部屋を使えばいい」と提案してくれたんだよね。

……まあ、そのあと「僕はキリスの部屋で一緒に寝るから」と言ったことで、魂胆《こんたん》がわかったんだけど。

キリスさんもそれでいいと言ってくれたので、問題は解決したのだった。

「それじゃあ、おやすみなさい」

私の側《そば》で丸くなって眠る眷属《けんぞく》の皆に声をかけて、私はゆっくり瞼《まぶた》を閉じた。


ふと目を開けると、真っ白な空間の中にいて、身体が浮いていた。

重力のない真っ白な空間ってことは、ここは神様の場所だ。

ふわふわして、どこかあたたかくて、落ち着く。

「やあ、メリア。久しぶりだね」

姿は見えないけど、聞き覚えのある、不思議な声が聞こえる。

やっぱりそうだった。

加護をもらってから、神様は時々こうやって私の夢に出てきてくれる。

タイミングは不定期。

大抵、ただの暇つぶしの雑談で終わるのだけど……

「実は、今君がいる場所の近くに僕の神獣たちを産んでくれた子がいてね。聖霊樹っていうんだけど」

たまに、こうやってこの世界のことを教えてくれる。

……って、神獣様たちを産んだ？

私は一度だけ、フローの親である蛇《へび》の神獣様に会ったことがある。とても大きな蛇《へび》だった。

それを産んだ？

しかも、鶏《にわとり》とか蛇《へび》とか種族が違うものを？

……さすがファンタジーな異世界。

もう、わけがわからないことはそれで納得してしまうよ、私。

唖然としていると、神様は続ける。

[でね、その子が君に会いたがっているらしいんだ」

「私に？」

[ああ。彼女は動けないから、よかったら会いに行ってあげてくれ」

「わかりました。絶対に会いに行きます」

[うん。頼んだよ」

その言葉を最後に、神様の気配が消える。

なんだか寂しい気持ちになってしまった。

「せいれいじゅさん……どんな人なんだろう」

すごい力を持っている神獣様の生みの親ってことは、その人もきっとすごい力を持っているんだろうな。

私は白い空間にぷかぷか浮かびながら、ぼんやりとそう考えたのだった。


ペチペチという音とともに、頬を柔らかな何かで叩かれている感触がする。

私はゆっくり目を開けた。

「どうしたの？　フロー」

――おはよ。起きた？

「うん……」

どうやら、フローに尻尾《しっぽ》で頬を打たれていたようだ。

まだ夜明けには早く、月がぼんやりと浮かんでいる時間。

だというのに、アンバーも、ルビーくんも、オパールも、寝坊助《ねぼすけ》のはずのオニキスまで起きて、私を取り囲んでいた。

――聖霊樹さまのところへ行きましょう、主《あるじ》さま。

アンバーが静かな声で私を促《うなが》す。

せいれいじゅ……神様が言っていた人のことだ。

「待って。リクロスたちに……」

――ダメです。会えるのは、主《あるじ》さまだけです。

「でも……」

アンバーがキツく言うけれど、私は躊躇《ためら》う。

何も言わずに行ったら、心配をかけてしまう。

そう思うのに、皆の有無を言わせぬ態度を見て、声が出ない。

普段ならば、皆は私を優先してくれる。そんな皆が強く言うなら、これはよっぽどのことなのだとわかるから。

「わかった」

仕方なく上着を羽織《はお》り、外へ行こうとした瞬間――真っ暗な闇《やみ》に呑み込まれた。

第三章　聖霊樹

蛍《ほたる》の光のように淡い月明りが漏れる木々。

銀色に煌《きら》めく小川。

水晶《すいしょう》のような、宝石のような草花。

そこは、お伽噺《とぎばなし》に出てくる妖精の森のような、不思議な場所だった。

「ここは……」

——ご主人、こっち。こっち。

美しい風景に目を奪われている私を、オニキスが急《せ》かす。

どうやら皆が待ちきれずに、オニキスとオパールの力を使って私をワープさせたようだ。

状況が把握できたので、私はオニキスのあとを追う。

私たちを、ルビーくんとアンバーが追いかけてくる。

フローはワープする直前に私の腕に巻きついていたようで、定位置にいた。

五、六分歩くと、先ほどまであった木々がなくなって、開《ひら》けた場所に出た。
離れたところに、一本だけ大木《たいぼく》がそびえ立っている。

その根は私の足元まで伸びており、ところどころ苔《こけ》のようなものが生《は》えている。

ここに息づいているのだという、生命力を感じる。

すぐにわかった。

これが、せいれいじゅ……聖霊の樹なのだと。

――誰だ。

低い、低い声が聞こえた。

次の瞬間、地面が動いた。

しかし、それは間違いだった。

私が根だと、苔《こけ》だと思っていたものは、巨大な生き物の身体の一部。

ずずーっ……と大きな身体がゆっくり動くと同時に、土埃《つちぼこり》がたった。

その生き物の鋭《するど》い眼差《まなざ》しが、私を捉《とら》えて離さない。

ワニのような口に、ボサボサの苔《こけ》のような毛。

土の色と間違えてしまったけれど、よく見ると汚れているだけで、その鱗《うろこ》の一枚一枚が金色だ。

私の目の前にいるのは、龍だ。

伝説でしか、絵でしか見たことがなかった龍が、そこにいた。

龍は私を見据《みす》えながら、低い声で再び問う。

——もう一度聞く。何者だ。

「わ、私は、メリア……」

——メリア……？　はて、どこかで聞いた名……ああ、そうか。

龍は、自身の記憶を思い起こすかのように天を仰《あお》ぎ、頷いた。

——そうか、お前がメリアか。

その瞬間、龍の身体が輝いた。

眩《まぶ》しくて目を開けていられず、思わず瞼《まぶた》を閉じる。

「おい。もう大丈夫だ」

そうっと目を開くと、そこには何日も洗っていないかのようにボサボサの黄色の髪と大きな角《つの》、金色の瞳を持つ男性が立っていた。

その瞳と角《つの》は、私を睨《にら》みつけていた龍と同じもの。

これは、蛇《へび》の神獣様に会った時と同じ状況……

この方は、神獣様なのだろう。

それに、目の前の男性の服は、エルフの里の民族衣装によく似ている。

きっと、彼らはこの服装を真似たんだ。

「ふむ。こうして見ると……お前、そっくりだな」

私が神獣様を観察しているように、神獣様も私を観察していたのだろう。

彼はふぅむと深く頷いて、そう呟く。

「は？」

「まあよい。こっちだ」

首を傾げる私を置いて、神獣様は話を切り上げて樹のほうへ案内するように歩き出した。

そっくりってなんだろう？

疑問に思ったけれど、私は神獣様を追いかける。

焦《あせ》っていたら、地面の凹凸《でこぼこ》に足を引っかけてしまった。

「うわっ」

地面にぶつかる！　と思った瞬間、神獣様はガッと私の腕を掴んで助けてくれる。

「あ、ありがとうございます」

「……これは」

私のお礼は聞こえなかったのか、スルーされる。
彼はしばらく首を傾げたあと、ヒョイッと私を持ち上げた。
お姫様抱っことかじゃなく、米俵《こめだわら》を担《かつ》ぐように、だ。
「え、え、えぇ？」
「……鈍《にぶ》すぎる。なるほど、あの方がたくさんのお目付役をつけるわけだ」
混乱する私を気にする様子もなく、神獣様は走り出した。
彼の背中越しに、ビュンビュンと風の音が聞こえてくる。
こ、怖いー!!
「着いたぞ」
あっという間に移動したあと、私はドサリッと荷物のように地面に下ろされた。
でも、怖さのあまり、腰を抜かして立つことができない。
神獣様とはいえ、ひどい扱いじゃない!?
ブルブルと震えながら、彼を睨《にら》みつけてやろうと仰《あお》ぎ見る。
その瞬間、先ほどまでの感情なんて、一気に吹き飛んだ。
……すごい。
近くで見る聖霊樹は、どこまでも神々《こうごう》しかった。

どこまでも広がる枝。
太く、どっしりとした根元。
生きているのだと主張するように、脈打つ幹《みき》。
思わず、感嘆の吐息が漏れた。
惹《ひ》かれるように立ち上がり、ふらふらとその樹に触《ふ》れる。
すると、風もないのに樹の枝がゆらゆらと揺れる。
葉から小さな光がこぼれ落ち、まるで光の雨が降っているようだ。
煌《きら》めく光は、意思を持つように集まって、人の形になる。
気づけば、目の前に少女が立っていた。
背丈《せたけ》を見る限り、年齢は今世の私と同じくらいだろうか？
髪は不思議な緑色。
ネビルさんの緑とも、リアンの黄緑とも違う。
表情は髪に隠れていて、よく見えない。
「会いたかったわーーー!!」
そう言って、少女は突然ギュッと抱きついてくる。
「ふぇえ!?」

「うふふ、私、聖霊樹の精よ！　セイちゃんって呼んでね」

目を白黒させる私をよそに、少女はそう言った。

先ほどの不思議な登場シーンなんてなかったかのようにパワフルだ。

それを見かねたように、眉をひそめながら神獣様が口を開く。

「母上」

「そんな呼び方、可愛くないっていつも言ってるでしょ！　セイちゃんって呼んでよ！」

「んもう！　真面目なんだからー‼」

私が状況を理解できずに混乱している間、神獣様と聖霊樹さんは二人で言い合いをしている。

すると突然、神獣様が私の頭を掴んで、ぐいっと顔を聖霊樹さんのほうに向けた。

「よく見てください」

聖霊樹さんは私の顔をじっくり眺めた。

そして「あらあらあらー！」と楽しそうに声をあげる。

「んまー！　あの人ってば、私の顔をこの子にあげるなんて‼　どれだけ私のことが好きなのかしらー!!!　きゃーーー‼」

両頬に手を当てて、重力なんて関係ないように空へ飛び上がり、クルクルとはしゃぐ聖霊樹さん。

私はさらに戸惑《とまど》ってしまう。

「え、え？　顔……？」

思わず、ぺたぺたと自分の頬に触《ふ》れる。

鏡で見た時も、普通にいつもの私の顔だったよね？

どういうこと？

混乱する私を見て、聖霊樹さんは笑い声をあげた。

「ふふふー！　ほら、よく見て？」

私は聖霊樹さんを、じっと見つめる。

長い髪に隠れた顔が、そっと現れる。

その顔は――私と瓜二《うりふた》つだった。

「え……？」

私が呆然としていると、頭に神様の声が響く。

［メリア、僕が説明するよ。聖霊樹、余計なことを言わないでくれるかな。違うから］

聖霊樹さんにも、神様の声が聞こえるらしい。

彼女は眉尻を下げ、楽しそうに口を開いた。

「ああん。だって、だってぇー。私と同じ顔を与えるなんて、あなたが私を愛しているとしか思えないんですものー!!」

「全く……メリアに君と同じ顔を与えたのは、別の理由だよ」

怒られて身悶《みもだ》える聖霊樹さんにため息をついたあと、神様は真面目な声で話す。

「メリア。君をこの世界へ送る前、君の心の奥底には別人になりたいという願いがあった。その願いを拾い上げた時、僕は考えた。頼る者がいない世界へ行く君を助けるには、どうすればいいだろうかと。その時、思い出したのが、彼女——聖霊樹だった。君が聖霊樹の顔を持てば、神獣たちも興味を持つんじゃないかって。それに……」

「それに?」

神様の声が急に小さくなったので、私は先を促《うなが》す。

すると、神様は小さな声で言った。

「彼女の顔、君の好きだったゲームの主人公に似てるでしょ?」

確かに、よく似ている。

自分を貫《つらぬ》こうとする強い意志を持った瞳。

ふんわりとした癖がある、けれどさらりとした髪。

コーラルピンクのぷるるんとした唇。

全て、私の憧《あこが》れが反映されている。

「理由はわかりました。……でも！　先に教えてほしかった。これは、私だけの顔じゃなかったんですね」

「ごめんね」

神様が、申し訳なさそうに言った。

思わず、くしゃりと顔を歪《ゆが》ませる。

あの時、一瞬頭を横切った別の誰かになりたいという、言葉に出さなかった都合のいい願い。

それすら、神様は拾い上げていた。

この顔が借り物だったということ、眷属《けんぞく》の皆が好いてくれたのはこの顔のおかげだったことは、先に知りたかったという気持ちもある。

ここ二年くらいは自分の顔だと思って生きてきたのだ。

騙《だま》されたとか、そういう考えが浮かばないわけじゃない。

でも、神様には神様の考えがあって、そうしてくれたこともわかる。

それに、神様が言うように憧《あこが》れてた主人公の顔にも似ている。

うん。

私、この顔が好きだ。

「ありがとうございます、神様。でも、これからは隠し事をせずにちゃんと教えてください！」

「わかったよ、今度があれば……ね」

私と神様が会話を終えると、聖霊樹さんは再び私に抱きついてきた。

「理由はどうあれ、私、嬉しかったのよ？」

「は、はい？」

また何を言い出すのかと、私は素《す》っ頓狂《とんきょう》な声をあげた。

聖霊樹さんは、口を尖《とが》らせながら言う。

「だって、私が産んだ子たちは皆、私に似てないんだもの！」

「確かに、種族すら違いますけど……！」

私がそう返すと、聖霊樹さんは身を乗り出す。

「十二もいるのよ？　一人ぐらい、似てもよかったと思わない⁉」

「それはまあ……」

こう言うってことは、人の形をとったどの神獣様の姿も、聖霊樹さんには似ていないのだろう。

そもそも樹が神獣という特殊な生き物を産むこと自体が、前世じゃありえないし、不思議だけど……

私がそう考えていると、聖霊樹さんはあっけらかんと笑う。

「まあ、皆、可愛いんだけどね！　そうだわ！　私、あなたに会ったら話を聞いてみたいと思ってたの!!」

「話、ですか？」

なんの話だろうと、私は首を傾げる。

聖霊樹さんは、大きく頷いた。

「そうよ！　前の世界のこととか、この世界のこと!!　私はこの場所から動くことができないから、いろんなことを知りたかったの！　ね、ね！　教えてくれるでしょ？」

そうはしゃぎながら世間話をねだる彼女からは、悪意は微塵《みじん》も感じられない。

無邪気で無垢《むく》な子どものよう……

私も子どもの姿をしているから、周りからはこんな風に見られてるのかな？

そうだとしたら、少し照れくさい。

「ほら、ここ！　座って座って!!」

聖霊樹さんは、足元の太い根に私を座らせる。

自分の本体だよね？　気にならないのかな？

そう疑問を抱《いだ》きつつも、促《うなが》されるまま腰掛けた。

聖霊樹さんがワクワクとした目で見つめるので、これは断れないなと口を開く。

「わかりました。じゃあ、前の世界の話から……」

私がゆっくり話し始めると、彼女は嬉しそうに微笑んで、私の隣に座る。

龍の神獣様は呆《あき》れた様子だけれど、嬉しそうな聖霊樹さんを見て諦《あきら》めたのだろう。

彼もその横に座り、私の話を聞き始めたのだった。


気づけば、夢中になって話していた。

空を見ると夜はすっかり明けて、太陽が顔を出している。

薄暗い空間だった時も神秘的に見えたが、日の下で見る聖霊樹も壮大で、美しかった。

はらりと、なぜか目から涙が溢《あふ》れる。

「あ……れ？　なんで……？」

泣き出した私を、聖霊樹さんはぎゅっと抱きしめてくれた。

「私は全ての母だから。大丈夫よ。あなたはいい子」

聖霊樹さんの腕からは、元いた世界に残してきた母の温《ぬく》もりを感じる。

前世の話をして、思い出した。

そうか、私、恋しかったんだ。懐かしかったんだ。

辛《つら》かった前の人生から解放されて、この世界で楽しく暮らしてきた。

でも今日、自分の顔が借り物だったと知って、なんだか自分の存在が曖昧《あいまい》になってしまった気がした。

聖霊樹さんの顔を借りて作られた『メリア』はここにいるけれど、昔、確かにいたはずの『私』は、もう消えてしまったように思えて……少しだけ、寂しかった。

「全部、吐き出していいんだよ」

聖霊樹さんは軽い口調で言うけれど、その声は優しい。

少しずつ、心が凪《な》いでいく。

私は聖霊樹さんの胸を借りて、泣き続けた。

しばらくそうしていると、彼女は唐突に言う。

「決めた！　あなた、私の娘になりなさい！」

「へ？」

私は言われたことの意味がわからず、思わず間抜けな声を出してしまう。

けれど聖霊樹さんは真剣そのものの顔で続けた。

「そうすれば年が離れた兄弟が十二もできるし、母親もできるんだから、いいじゃない！　ね？　そうしましょ!!」

とんでもない提案に、びっくりする。

十二の兄弟って、どう考えても神獣様方だよね？

ちらりと龍の神獣様を見る。

……なんだか満更《まんざら》でもなさそう？

「そうと決まれば～……はい、これ」

「なんですか、これ」

聖霊樹さんに手渡されたものを見て、私は首を傾げた。

彼女は得意げに胸を張る。

「私の分身よ」

「分身って……」

「そう！　聖霊樹の枝!!」

彼女が渡してきたのは、小さな葉っぱのついた枝だった。

それをじっくり眺めていると、聖霊樹さんが再び口を開く。

「私は動き回れないから、その代わりよ。家に帰ったら庭に植えてね」

「は、はい」

私が勢いに押されて首を縦に振ると、聖霊樹さんは何かを思い出したように手を打った。

「あ、そうだ。お母さんって呼ばれるより、やっぱりセイちゃんのほうが可愛いから、セイちゃんって呼んでね」

「わ、わかった……セ、セイちゃん」

「うん、やっぱり可愛い!!!」

うふふと、飛び跳ねる聖霊樹さん……改め、セイちゃんは楽しそうだ。

その時、龍の神獣様と目が合った。

「……」

神獣様は、圧のある視線で私を見つめる。

なんとなく居心地が悪くて、身じろいでしまう。

「な、なんですか？」

「俺には、眷属《けんぞく》がいない」

「そうなんですね」

「ああ。だから、お前にこれをやる」

神獣様に渡されたのは、キラキラと光る、うっすら黄色がかった、透明な何か。

私は、それに見入ってしまう。

「綺麗……」

「俺の鱗《うろこ》だ」

う、鱗《うろこ》⁉　宝石かと思った。

びっくりしながら神獣様を見ると、彼は得意げな表情で言う。

「妹になるんだろう？　俺のことは兄と呼べ」

「え、ええ……」

「不服か？」

眉をひそめる神獣様に、私は勢いよく首を横に振る。

「まさか！　嬉しいです」

「じゃあ、呼べ」

「に、兄さん」

「よし」

私が兄さんと呼んだ瞬間、神獣様の厳格っぽい雰囲気がふんわりしちゃいましたよ⁉

そして、すごく満足げです！

私たちのやり取りを、うふふと微笑みながら見ていたセイちゃんが、突然上を向いた。

「あら……？」

その時、声が響く。

――いたぁー！

「ジェード!?」

空の上にいたのは、まさかのジェードだった。

ジェードは風の力でふわふわと浮きながら、私を見下ろして大声で言う。

――お前が消えたから、今騒ぎになってるんだぞぉ!!　しかも、なんか変な奴に追いかけられて怖か……って、怖くなんかないけど！　しんぱ……心配もしてないけど!!

ジェードが言うには、ここに長居しすぎて、皆が心配しているみたい。

話に出てきた、変な奴って誰だろう？

っていうか、ジェード、焦《あせ》りすぎて、ツンデレが透《す》けて見えちゃってるよ。

今さら前足で口元押さえるとか、可愛いけど、無駄だよ。

心配してくれてたんだ。嬉しいなぁ。

私は思わず頬を緩めながら、セイちゃんと龍の神獣様、改め兄さんに向き直る。

「すみません、セイちゃん。兄さん。私、帰りますね」

「お迎えも来ちゃったし、仕方ないわね。またいつでもいらっしゃい」

「……待ってる」

二人とも名残惜《なごりお》しそうではあるけれど、快《こころよ》く頷いてくれた。

「ありがとう!!　また、来るね!!」

私は笑って二人に別れを告げた。

……にしても、ジェードはエルフの里に興味なさそうだったのに、どうして来たんだろう？

オニキスとオパールの力を借りてキリスさんたちの家に戻る。

すると、すぐにキリスさんに抱きしめられた。

「心配した。君が無事でよかった……」

「いったいどこに行っていたんだよ。なんの書き置きもなくいなくなるから、キリスがひどく心配してたんだぞ」

ネビルさんも、少し怒っているみたい。

「ご、ごめんなさい」

ホッとしたように涙を浮かべ、私の帰りを喜んでくれるキリスさんとネビルさんに、私は頭を下げた。

ネビルさんは自分は心配してないと言いたげだけど、実際は捜してくれたのだろう。ズボンの裾《すそ》や靴《くつ》が泥で汚れている。

それを見てますます申し訳なくなっていると、キリスさんが口を開いた。

「あの魔族の青年も君を捜していたはずだ。すぐに知らせないと」

「リクロスも？」

ハッとして尋ねると、彼女は頷く。

「ああ、それに、フェイさんも捜している」

「フェイさんまで！」

ああ～！　眷属《けんぞく》の皆に急に連れていかれて、書き置きとかもできなかったから……申し訳ない。

早く帰ってきたことを伝えないと……！

「ねぇ、オパール。空間を繋《つな》いで、声だけ届けることってできる？」

――できるよ？

「ならお願い。リクロスとフェイさんに繋《つな》いで」

――うん。

移動しないのであれば、オパールは一人の力で空間を開ける。

オパールに、リクロスとフェイさんのところまでそれぞれ空間を繋《つな》いでもらう。

そして私は無事で、今はキリスさんのところにいると伝えた。

それから間もなくして、彼らはオパールとオニキスの力で帰ってきた。

顔に怒《いか》りを滲《にじ》ませて……

「メリア!!」

全員を代表するように、リクロスが怒る。

私は反射的に頭を下げた。

「ごめんなさいっ!」

「全く! 夜中に家を抜け出すなんて、何を考えているんだ!!」

「実は……」

眦《まなじり》を吊り上げていたリクロスだけれど、事情を話すとその表情を驚きに変えた。

「聖霊樹様に、龍の神獣様に会ってきた⁉」

驚愕《きょうがく》の声をあげたリクロスだけでなく、その場にいた全員がびっくりした顔で私を見る。

そうだよね、信じられないよねぇ。

「お前、只者《ただもの》じゃないとは知っていたが、まさか聖霊樹様にまで目をかけられているとはな」

ごめんなさい。

フェイさんが呆《あき》れたように言うと、リクロスは諦《あきら》めたように呟く。

「眷属《けんぞく》様たちに、蛇《へび》の神獣様や王族、聖霊樹様。君の人脈はすごすぎるね」

ついでに神様には加護をもらって、夢の中でお話しするような仲です。

そう心の中で呟く。

この場を、なんとも言えない雰囲気が包み込む。

そんな中、ジェードは空気を読まずに言う。

――お腹空《す》いたんだけど！

ジェードは、私の肩に大きな手を置いてのしかかってきた。

一見、子どもの肉食獣が獲物《えもの》を捕らえているようだろう。

じゃれてるだけなんだけどね。

私はいつもストックしてるジャーキーを取り出して、ジェードに渡す。

「わかった。これあげるから、大人しくしててよ」

私の言い方が気に食わなかったのか、ジェードは不満そうな声をあげる。

――ぶーぶー。おいらが教えてあげなかったら、お前らみーんな困ったままだったんだぞぉ⁉ おいらにもっと感謝してもいいんじゃないかー？

「それは、確かに。でも、どうしてジェードがここにいるの？ 興味なかったはずじゃ……」

私が頷きつつ尋ねると、ジェードはパッと顔を背《そむ》ける。

――べっ！ 別にお前を心配してじゃねぇーよ！ おいらはただ、散歩でこの辺をうろうろしてただけだ！

「ここって、そんなに私の家から近いの？」

散歩という言葉を疑問に思って聞くと、キリスさんが目を丸くして叫ぶ。

「まさか！ 早馬と船を使っても二週間はかかるぞ⁉」

「そんなに？ ……ネビルさん、よく手紙を持ってきてくれましたね……」

お子さんが生まれてすぐなら、絶対離れたくなかっただろうに。

私が驚いてネビルさんを見ていると、彼は「ああ」と口を開いた。

「エルフの秘密の魔法を駆使したよ。他ならぬ愛する人のお願いだったから。それに、彼に会えたからね。速攻で渡して帰ったんだ」

秘密の魔法とは……いったい。

まだまだ知らないことがたくさんあるんだなあ。

それはともかく、ジェードのおかげでそこまで騒ぎが大きくならなかったことは事実だし、帰ったら美味《おい》しいものでもあげよう。

……素直じゃないけど、きっと追いかけてきてくれたんだろうしね。

今日は、本当に皆に迷惑をかけてしまった。

お詫《わ》びに何かできることってないかな……

そうだ！

「よぉーし、捜してくれたお礼に、今日は私が美味《おい》しいご飯を作りますね。皆はゆっくりしててください」

「ん？　ふふ。そうだな。じゃあ、久しぶりに君の作ったご飯を楽しませてもらうよ」

キリスさんが、微笑みながら頷いてくれた。

私は元気よく返事をする。

「はい！　お台所お借りしますね！」

昨日お手伝いしたから、ある程度何がどこにあるかはわかってるしね。

これで、キリスさんたちが少しはリラックスできたらいいなぁ。

アイテムボックスの食材を使い、朝食とは思えないほどたくさんの料理を作って皆に振る舞う。

それらを食べ終えると、ネビルさんがこくりこくりと舟を漕《こ》ぎ始めた。

「最初に君がいないことに気づいたのはネビルだったんだ。必死に捜して疲れたんだろ……私以外のために頑張るなんて、以前のネビルには考えられないな」

キリスさんは自分しか知らない彼の成長を喜ぶように、でもどこか寂しそうに笑って、リアンの様子を見に行ってしまった。

キリスさんはネビルさんをずっと見てきたから、彼が変わっていくのは複雑な気持ちなんだろう。

フェイさんはキリスさんたちの家の部屋を借りて二度寝をし、リクロスは外を見て回ると言って出ていく。

私は一休みしたあと、戻ってきたキリスさんの手伝いをして過ごした。

エルフの里に来て二日目はトラブルもあったけれど、それ以外は穏やかな一日だったと思う。

夜、客間でのんびりしていた私は、リクロスに呼び出された。

不思議に思いながら廊下に出ると、リクロスは寂しげな顔をしている。

「僕、もう帰りたいんだ」

「どうして……？」

「……すまない」

わけを尋ねるけれど、リクロスは首を横に振るばかり。

リクロスを一人で帰すのも……

私は悩み、一緒に帰ることに決めたのだった。


夜が明けて、私はキリスさんに家に帰ることを伝えた。

すると、彼女は残念そうに言う。

「もっとゆっくりしていってくれて構わないのに……」

「ありがとう、キリスさん。でも、フェイさんも何日もギルドを空《あ》けるのは……って言ってたから」

フェイさんは私を捜索してくれたあと、実家に戻らず、キリスさんたちの家に一泊した。

だから、帰ることにしたと告げたら、自分も戻ると言ってくれたのだ。

それに、本当に名残惜《なごりお》しそうにしてくれているキリスさんには悪いけど……隣にいるネビルさんの顔には『邪魔』って書いてあるんだよね。

昨夜リクロスと帰ることを決めたあと、ネビルさんは私の部屋を訪ねてきた。

そして『君たちがいる間はキリスにベタベタするのを禁止されたから、早く帰って』と、言ったのだ。

タイミング的にもちょうどよかったから、構わないんだけどね。

私は思い出して苦笑しつつ、キリスさんに言う。

「また、遊びに来てもいいかな？　リアンにも会いたいし」

「もちろんだ！　いつでも来てくれ。歓迎する」

キリスさんは嬉しそうに言ってくれた。

また、セイちゃんたちにも会いに行こう。

「じゃあ、またね」

「ああ。また」

私が手を振ると、キリスさんも振り返してくれる。

そして、オパールとオニキスの力を借りて、行きと同じ方法で村に戻ることにした。

こうして、私たちのエルフの里訪問は終わった。

ついでにフェイさんをギルドまで送り届けたんだけど……

ギルドに入ったら、目を吊り上げ、尻尾《しっぽ》の毛を逆立《さかだ》てたジャンさんが、仁王立ちで待っていた。

「ギルド長!!!」

「ご苦労だったな、ジャン」

「何、それで済まそうとしてるんですか～！　どれだけ大変だったか……！」

詰め寄るジャンさんを適当にあしらいながら、フェイさんはギルド長の部屋へ向かう。

「たまにはいいだろう。普段、仕事時間中に寝てサボッてるの、知ってるぞ」

「あれは、暇だから……」

フェイさんはぐっと言葉に詰まったジャンさんを一瞥《いちべつ》し、私を見た。

「じゃあな、メリア」

手を振りながら部屋に入っていったフェイさんを追いかけて、ジャンさんの姿も消える。

ギルドの中は一気に静かになってしまった。

「嵐のようだったなぁ」

そう呟いて、私は家に帰った。

さて、今日はもう一つ仕事が残ってるんだよね。

家の庭の一画に、私と眷属《けんぞく》の皆が集まる。

ここは日当たりがよく植物が育ちやすい場所だとラリマーが教えてくれた、庭の中の一等地。

「さあ、始めようか」

私の言葉を合図に、アンバーが地面を栄養が行き渡った柔らかい土に変化させる。

触《ふ》れてみると、ふかふかの布団のようだ。

そして、私はアイテムボックスから聖霊樹の枝を取り出す。

それをそっと地面に挿《さ》すと、フローが優しく水をかけてくれた。

次の瞬間、枝から根が生《は》えて、一気に私の背の高さまで成長する。

青々とした葉が揺れると、その根本にまるで妖精のような小さな少女が現れた。

「早速《さっそく》、地面に挿《さ》してくれたのね！」

「え、セイちゃん？」

うっすら透明なその少女は、セイちゃんだった。

「うふふ、驚いた？　初めてやったけど、成功してよかったわ！　それにしても、ここはとっても居心地がいいわね」

悪戯《いたずら》が成功したように笑うセイちゃんは、空を見上げる。

「んー、いい日射し」

彼女が呟いた途端、庭の周囲の木々が同調するように枝を揺らした。

ふと思い立って、私はセイちゃんの本体である木を見つめる。

すると、脳内辞書が働いた。

《聖霊樹の若木ー聖霊樹の枝を挿《さ》し木《き》した結果、地に根を張り成長した若い聖なる樹》

……どうやら、とんでもないものになったようです。

でも、もう根を張っちゃったので、どうすることもできない。

私はため息をつきながら、小さいセイちゃんに話しかける。

「セイちゃん。今はいいけど、私以外の人がいる時は、出てこないでね」

「そんな心配しなくても、この身体って維持するの大変なのよー！　まだ、この木には力がないからね。今日は根を張れたから試しに来ただけ！」

セイちゃんはそう言うと、小さな身体でクルクルと回りながら消えていった。

私はそれを見届けると、ラリマーを見る。

「ラリマー、この木のことお願いね」

――頑張るよ～。ちゃんとしないと怒られちゃうから～。

怒られるって誰に？　……って思ったけど、彼らは神獣様の眷属《けんぞく》。

つまり、上司である神獣様に小言を言われちゃうのだろう。

まあ、聖霊樹は神獣様からすれば親だし、ちゃんと育てろって言うのもわかるけどね。

抱きしめられた温かな腕を思い出し、この世界の母となってくれた彼女の——その若い木を見つめて、そっと抱く。

「セイちゃん……ありがとう」

まるで私に答えてくれているかのように、枝がかすかに揺れていた。

第四章　職人感謝祭

私たちがエルフの里から帰ってきて、二ヶ月が過ぎた頃。
村のあちこちに、張り紙が貼られていた。
私はそれを、じっと眺める。

【第一回　職人感謝祭
人々の暮らしを豊かにする優《すぐ》れた職人たち。
彼らが腕を競い合い、共に腕を磨《みが》くための大会が開催決定!!】

わぁ！　アンジェリカ様の仕事の成果だね。
エントリー方法は、まず地区の経営者ギルドに品物を提出するのか。
職人の多くは、経営者ギルドに登録している。
自分が作ったものを売る場合は経営者ギルドに登録しておかないと、何かトラブルになった時に困るからだ。

そこにアンジェリカ様は目をつけたんだろう。

予選は各ギルドの職員たちの鑑定スキルで審査し、地区の代表作品を決めて、決勝は王都で行《おこな》われると書かれている。

そういえば、経営者ギルドの職員は大概《たいがい》鑑定のスキルも持っているって、前にジャンさんに聞いたことがある。

部門は、装飾、鍛冶《かじ》など様々に分かれている。

アンジェリカ様が気に入れば、王族愛用を称すこともできるのだとか。

また、希望者には店を構えるための資金の提供もされるんだ。

こんな小さな村でもお祭り特有の雰囲気が伝わってきて、なんだかワクワクしてくる。

いいよねぇ、お祭り。

りんご飴《あめ》に綿飴《わたあめ》、花火とか、懐かしいなぁ。

——ご主人様、約束、行かなくていいの？

フローが心配そうに声をかけてくる。

私は、そうだった！　と我に返った。

今日は、マルクさんに呼ばれていたのだ。

私は急いでマルクさんの屋敷に向かう。

けれど、もう少しで着くというところで、私は足を止めた。

「あれ？」

門のところに、すごく立派な馬車が停まっている。

素人《しろうと》の私が見てもわかるくらい、しっかりとした造りの馬車だ。

マルクさんたち、王位継承権は返上したとはいえ、王族だもんね。

貴族とかが家を訪ねてきてもおかしくはないか。

約束はしていたけど、何か急用かもしれないし、今日のところは帰ったほうがいいかな？

そう思って来た道を戻ろうと身を翻《ひるがえ》した時、キィッと馬車の扉が開く音がした。

そして、乗っていた人が声をかけてくる。

「お待ちになって。メリア」

「え、あ、アンジェリカ様⁉」

振り向くと、そこにはアンジェリカ様の姿が。

「ふふ、お元気そうね」

彼女は私が驚いたのを見て、悪戯《いたずら》が成功したというように微笑んだ。

私はなるほどと、アンジェリカ様に確認する。

「じゃあ、私を呼んだのはアンジェリカ様だったんですか？」

「ええ」

マルクさんの用事って、そういうことだったんだね。

私たちが屋敷の前で見つめ合っていると、アンジェリカ様の到着に気づいたらしいマルクさんが、客間に案内してくれた。

私とアンジェリカ様、マルクさん、エレナさんが席についた。

普段はいないメイドさんが甲斐甲斐《かいがい》しくお茶を淹《い》れてくれ、扉の前に騎士が立っていたりするのは、アンジェリカ様を守るためだろう。

私は見慣れない光景を見回しながら、口を開く。

「用事があるなら、私が王城に行ってもよかったのに……」

「そうですわね。でも、この国の民を自分の目で見たかったんですの。それに……」

コクリとお茶を飲むと、アンジェリカ様は真剣な顔になった。

「お願いする相手を呼びつけるのは、失礼でしょう」

「お願い？」

私が首を傾げると、アンジェリカ様は強い眼差《まなざ》しで私を見つめる。

「そうです。実は、今度職人たちによる、腕自慢大会が行《おこな》われるのだけど……」

「ああ！　見ました!!　ポスターがいっぱい貼られてましたよね！」

私は勢いよく身を乗り出した。

アンジェリカ様は小さく頷く。

「ええ。それで、その……メリアには、その大会に……」

だんだん目が泳ぎ、語尾もモジョモジョと小さくなっていくアンジェリカ様。

それでも、決意したかのようにグッと拳《こぶし》を握りしめて、彼女は私に言った。

「出てほしくないんですの!!」

「えぇー!!」

思わず驚いて声をあげた私に、マルクさんが冷静に理由を聞かせてくれる。

「アンジェリカ様は、君のことを心配しているんだよ。大会に出れば、君の腕ならば人々の注目を集める可能性が高い。そうなれば、今までのようにメリアくんの存在を庇《かば》いながら品物だけを卸《おろ》すことはできなくなるだろう」

「それじゃあ、私のために……？」

呆然とする私に、エレナさんがにっこり微笑んだ。

「そうよ、メリアちゃん。でも、アンジェリカ様は、もう一つお願いがあるそうなの」

「もう一つ？」

私がアンジェリカ様を見ると、彼女は少し涙目だった。

「ええ……図々しいお願いなのですが、メリアには、職人たちが驚くような、憧《あこが》れるような、そんな素晴らしい逸品《いっぴん》を作ってほしいんです」

「わ、私が？」

私がたじろいでいると、アンジェリカ様は話を続ける。

「はい。その逸品《いっぴん》を王家で買い取り、大会で披露《ひろう》することで、職人たちを発奮させたい……そう思っておりますの」

「そんな大役、私なんかが作ったものでいいの？」

「むしろ、メリアにしか頼めないと思っていますわ」

私が戸惑《とまど》っていると、マルクさんはアンジェリカ様に賛同する。

「そうだな。その年でドワーフの秘術であるミスリルを使いこなす者はいない」

「わたくしは、包丁や鍋しか買っていないけれど、そのどれもが使いやすくて手に馴染むわ。そんなメリアちゃんが作るものだもの、いいものに決まってるじゃない」

エレナさんも、大きく頷いてそう言ってくれた。

三人の言葉に、胸が熱くなる。

嬉しい！

鍛冶《かじ》スキルは神様からもらった能力だから、自分の力じゃないと思っていた。

でも、作ったものの経験値は、私に確かに蓄積された自分の能力。

その成果を褒《ほ》めてもらった気がして、本当に嬉しかった。

私は覚悟を決めて、アンジェリカ様に宣言する。

「わ、わかりました！　絶対いいものを作る!!　アンジェリカ様、どんなものが理想なの？」

「そうですわね……実は、メリアの他にも、わたくしがお世話している職人に声をかけていますの。その方々が作るのは、アクセサリーやドレスなので、メリアには剣や槍《やり》……武器をお願いします」

「武器、ですね」

「ええ。なるべく華やかに、けれど性能もよいものをお願いしますわ」

「わかりました！」

私は大きく頷いた。

商談がまとまったのを見て、マルクさんとエレナさんはホッとした様子でお茶を啜《すす》り……

「それじゃあ、次の件に移りますわ！」

という、アンジェリカ様の言葉に噴《ふ》き出した。

マルクさんが、慌《あわ》てた様子でアンジェリカ様を窺《うかが》う。

「次の件？　聞いていないぞ」

「これは、お父様より与えられた任務ですの」

アンジェリカ様の言葉に、マルクさんは怪訝《けげん》そうな顔をする。

「任務……？」

「はい。マルク叔父様、エレナにも関わることですわ」

「私たちにも？」

マルクさんが不思議そうな表情を浮かべると、アンジェリカ様は楽しそうに言った。

「祭りの間、ぜひに王城でお過ごしくださいませ」

「え？」

どんなことを言われるのかと思っていただけに、私はぽかんとした。

「ちょっと待て。私たちは行くつもりは……！」

でも、マルクさんにとっては重要らしい。

焦《あせ》った様子で首を横に振っている。

「マルク叔父様にお父様からの伝言ですわ。『いい加減会いに来い』と」

うふふと微笑んだアンジェリカ様は、とても楽しそうだ。

「し、しかし……」

狼狽《うろた》えるマルクさんを見て、エレナさんがため息をつく。

「お父様。もう、いいではないですか。わたくしも久しぶりにサランベーラ様やフュマーラ様に会いたいわ」

「エレナ、しかしだな……私が戻ると陛下にご迷惑を……」

なおも渋《しぶ》るマルクさんに痺《しび》れを切らしたように、アンジェリカ様が口を開いた。

「そのことですが、城からは危険因子を排除しております。それに、もし、マルク叔父様に接触する者がいたならば、反国王派の炙《あぶ》り出しにもご協力いただきたいとのことです」

「アンジェリカ様、そういうことはメリアの前では……」

ちらりとマルクさんが私を見る。

まあ、私の見た目は幼いから、大人の汚いところを見せないようにというマルクさんの気持ちはわからなくもない。

だけど、中身はアラサーだ。

本当にこういうことがあるんだぁー。ドラマや映画のワンシーンみたい！　という、変な感動が湧《わ》いてくるだけ。

焦燥感《しょうそうかん》を滲《にじ》ませるマルクさんに、アンジェリカ様は笑顔で言う。

「あら。そうですわね。メリアの前で出すべき話題ではありませんでした。では、彼女を守るためにも、ご来城くださいませ」

がっくしと肩を落とすマルクさんを慰《なぐさ》めるように、エレナさんが優しい声を出す。

「お父様、お諦《あきら》めになって」

「ぐぐ……エレナ、お前、アンジェリカ様に加担するのか？」

「ええ。お互いに利があったので同盟を組ませていただいたのですわ！」

アンジェリカ様の言葉に、マルクさんは片眉を跳ね上げる。

「利だと？」

「ええ。少し耳をお借りしても？」

ふふふと笑いながら、マルクさんの耳元でごにょごにょと内緒話を始めたアンジェリカ様。

時々私のほうを見るので、多分私にも関わりがあるんだろう。

どうしてこんなに近くにいるのに内容が聞こえないのかというと、内緒話が始まった瞬間、なぜかエレナさんに耳を塞がれてしまったからです。

私が首を傾げると、とても麗《うるわ》しい顔でにっこりと微笑まれて誤魔化《ごまか》された。

……あとでフローたちに聞こう。

「それでは、楽しみにしておりますね」

アンジェリカ様はそう締《し》め括《くく》ると、マルクさんの屋敷から出て、馬車に乗って帰っていった。

それはそれはいい笑顔で。

反対に、見送るマルクさんは疲れた顔で、苦笑いをしている。

ところで、私、王城で過ごすなんて一言《ひとこと》も言ってないのですが……決定事項なんですね。

まあ、いいですけども。

マルクさんの屋敷から家に帰ってきて、早速《さっそく》頼まれた武器を作ることにした。

さて、どんな武器がいいかな？

剣、槍《やり》、刀、鎌《かま》……いろんな種類があるけど、祭りには何が相応《ふさわ》しいだろう？

なんとなく、王族って細身の剣、レイピアを使ってるイメージがあるよねぇ。

あ、そうだ。

日緋色金《ヒヒイロカネ》を使って太陽のような赤い刀身にして、柄《つか》の部分に翡翠《ひすい》を埋め込むのはどうだろう？

アンジェリカ様や王様が持つ姿を考えたら、かっこいいよね！

よーし、決めた。

日緋色金《ヒヒイロカネ》のレイピアにしよう‼

あ、でも、日緋色金《ヒヒイロカネ》って日本では伝説の鉱物だったよね？

この世界にそんな武器あるのかな？

脳内辞書に尋ねると、あるという結果だったので、そこまで心配しなくていいみたい。

安心だ。

そして、私は最近は家で落ち着いているジェードを呼ぶ。

「ジェードー！」

――何さー。

前世で好きだったゲームでは、翡翠《ひすい》の石のついた武器は風属性だった。

それならやっぱりこれも風でしょと、ジェードに風の力を宝石に吹き込んでもらう。

風の魔宝石の完成だ。

「ありがとう！」

――あとでブラッシングな！　メリア。

すっかりブラッシングの虜《とりこ》になったジェードは、時々こうやっておねだりしてくる。

可愛いなぁ、もう！

「わかったよ」

思わず頬が緩んだ。

それから鍛冶場《かじば》に移動し、他の鉱石を用意していると、ルビーくんが手伝いに来てくれた。

――日緋色金《ヒヒイロカネ》と風の魔宝石にしたんか。火と風の相性は抜群にええから、いい組み合わせやわ。

ルビーくんに褒《ほ》められて、私は嬉しくなる。

それから、ルビーくんはついでにいろいろと教えてくれた。

眷属《けんぞく》が作れる魔宝石にはいくつかの種類があるらしい。

例えば、癒《いや》しの魔宝石はそのまんまの効果で、怪我《けが》とかを治してくれる。

それとは違い、風や水の魔宝石は、それと同じ力に対する耐性があり、また、同属性の魔法を使いやすくする能力を持つそうだ。

私には魔力がないので、よくわからないのだけど……

ちなみに、今回使う日緋色金《ヒヒイロカネ》は宝石ではないから、魔宝石は作れない。

でも、普通の金属と違って元から火への耐性が強いので、魔法剣みたいに刀身に炎《ほのお》を纏《まと》わせることが可能なんだって。

いろいろ知ったところで、レイピアを作る準備が整った。

「よーし、じゃあ早速《さっそく》始めよう！」

――よっしゃ、やったるでー！

日緋色金《ヒヒイロカネ》を炉《ろ》に放り込むと、炎《ほのお》がバチバチと音を立てる。

通常ではありえない、白や青が混じる炎《ほのお》。

――さっきも言うたけど、日緋色金《ヒヒイロカネ》は炎《ほのお》に強いから、これぐらい強ないとあかんのや。

「そうなんだ」

――こんなに高温なのは、普通の炉《ろ》じゃできへん。この神様の加護のある壊れない炉《ろ》やからできることやな。

ルビーくんの言葉に、私は思わず目を見開く。

「え、この炉《ろ》って神様の加護があったの？」

――そうやで。じゃなきゃ、こんな無茶はできへんわ。それに、神様の加護は、ここだけじゃあらへん。この家全体にかかっとる。

「……そうだったんだ」

神様の加護は私だけじゃなく、この家にもかかっていたんだ……

そんなこと、全く言ってなかったのに。神様ったら。

――いい感じになってるで！

ルビーくんにそう言われて、私は溢《あふ》れ出す神様への感謝の気持ちを一旦抑える。

今はこっちに集中しなくてはと、ぐっとハンマーを握りしめた。

日緋色金《ヒヒイロカネ》は、普通の金属とは違い、何度も何度も打ち直してアイテムの形を作る。

それは、スキルでの鍛冶《かじ》というよりも、現実のやり方によく似ていた。

叩く、叩く。

炎《ほのお》に入れて、また、叩く。

スキルを手に入れた最初の頃と違い、力強く叩けるようになった。

思い描いた形になるように。

細く、長く、しなやかに。

カン、カンと音が鳴る。

ほんの一瞬の音の違いを聞き分け、私は翡翠《ひすい》とともにそれを水の入ったバケツへ放り込んだ。

煌《きら》めく光が渦《うず》を巻いて、剣が形作られていく。

「綺麗……」

大量の水蒸気に変化し、バケツの中にはすっかり水がなくなる。

そこには、細くしなやかな赤い刀身のレイピアが、キラリと光っていた。

《日緋色金《ヒヒイロカネ》のレイピアー斬ることよりも突くことに長《た》けた剣。日緋色金《ヒヒイロカネ》特有の火への耐性により、魔法の炎《ほのお》を纏《まと》わせることが可能。また、柄《つか》に風の魔宝石が嵌《は》め込まれており、風魔法を操りやすい》

うん。思い描いていた武器になった。

それにしても、レイピアって想像してたより重たいんだなぁ。

刀身が細いから、もっと軽いと思ってたよ。

——完成した？

私が出来上がったレイピアを眺めていると、さっき聞いた声がした。

「あ、ジェード、珍しいね。鍛冶場《かじば》に来るなんて」

——カンカンうるさいし、暑いのは嫌いなんだよー。

ジェードはそう言って、風の力で窓を開けた。

外の空気が流れ込んでくる。

「まあ、確かに暑いよね。特に今日は特殊な金属を使ったから、ルビーくんが頑張ってくれたし」

そういえば、今まで窓を開けずに炉《ろ》を使っていたのに、酸欠にならなかった。

それも、神様の加護のおかげだったのかな？

そよそよと涼しい風を感じながら、私はそう思った。


そして、あっという間に職人感謝祭前日。

たまに遊びに来るリクロスも誘ったけど、「あー……やめておくよ」と遠慮されてしまった。

遠くに行く時はだいたい一緒だったから、なんだか寂しい。

セラフィも、ラリマーも、遠出は苦手だからと決定事項のようについてきてくれないし。

……いけない。気を取り直して、マルクさんの家に向かわなきゃ。

もちろん、移動が大丈夫な眷属《けんぞく》の皆は一緒だ。

王都までは、オパールの能力で行こうと思っている。

せっかくだからマルクさんたちも……ということで、先日段取りは打ち合わせ済み。

まずはオパールとオニキスにマルクさんの家までの空間を開いてもらい、移動する。

到着した途端、私は驚愕《きょうがく》してしまった。

「……それ、全部持っていくの？」

「ええ、そうよ」

私の視線を気にする様子もなく、エレナさんはニコニコしている。

彼女の足元には、大きなトランクが一つ、二つ、三つ……と、たくさん置かれている。

いったい何が入っているんだろう？　と思うほどの大荷物で、エレナさんの隣にいるマルクさんも、呆《あき》れたような顔をしている。

けれど、これに関してはすでにエレナさんと一戦し、負けたのだろう、我関せずって感じだ。

オパールに空間を繋《つな》いでもらうといっても、荷物は自分で持たなければならない。

さすがにこの量は、エレナさんじゃ持ちきれないと思うけど……

「でも、エレナさん、この荷物、どうやって運ぶんですか？」

「うふふ、それはね？」

その時、荷物の山の後ろから、男性が一人現れた。

がっしりとした筋肉に、短髪で精悍《せいかん》な顔立ち。

男らしいというのが相応《ふさわ》しい、頼りがいのありそうな青年だ。

彼は爽やかに微笑みながら、私を見た。

「いつも、エレナが世話になっているそうだな」

「わたくしの旦那様よ」

エレナさんの紹介を受けて、私は目を見開いた。

「ああ……！　旅の間に恋に落ちたっていう、あの!?」

わあ、旦那様、声はかなり低いんだ。

現役の冒険者だと聞いていたけど、なるほど、納得だ。

その人はエレナさんの大荷物を見ながら、彼女に問う。

「で、これがお前の荷物か？」

「ええ。お願いね、旦那様」

「ああ」

エレナさんの旦那様は、トランクを一つ肩に担《かつ》いだと思ったら、その上に他のトランクをまるで積み木のように次から次へとのせていった。

え、うっそぉ……冒険者ってこんなにすごいの？

全て持ち上げた状態でも、しんどそうな顔一つしない。

すごいバランス感覚。

そして、その状態に慣れているのだろう。マルクさんもエレナさんも平然としている。

「じゃあ、行こうか」

「あ、は、はい……」

マルクさんに促《うなが》されて、私は動揺したまま人気《ひとけ》のないところまで行く。

そしてオパールとオニキスに力を借りて、王城へ移動した。

「よく来てくれましたね！」

私たちが王城の門の前に着いた途端、出迎えてくれたのはアンジェリカ様だ。

隣には、王様と第一王女のサランベーラ様、第二王女のフュマーラ様、王子のクレイス様も並んでいる。

「お荷物はこちらへ」

そう言ってエレナさんの旦那様を誘導するのは、以前私やリクロスの世話をしてくれた、使用人のマリアンさん。

こちらも慣れた様子で荷物を受け取っている。

その傍《かたわ》らで、小さい声だけど、マルクさんが旦那様に「今回はメリアくんのおかげで楽だったな」と話している声が聞こえた。

ふふ、少しでも助かったならよかったなぁ。

王都へは普通に行くと、馬車で一週間くらいかかっちゃうもんね。

今回はマルクさんとエレナさん、王様とアンジェリカ様たちは、私と眷属《けんぞく》が一緒にいることを知っているから、この移動方法が使えたんだけど。

王様が私の存在を機密として扱ってくれているから、迎えてくれた人たちも事情を知っている人だけだし。

それに、人が多い場所では眷属《けんぞく》の能力は使いにくいはず……頑張ってくれたオパールとオニキスにお礼をしないとね。

腕の中にいるオパールとオニキスを労《いたわ》るように撫でていると、思わぬ人が、物陰から声をかけてきた。

「やあ、メリア」

「リクロス⁉　どうしてここに？」

今のリクロスは角《つの》もないし、肌も白い。

私が以前あげた、身につけた人物を任意の姿に見せることができるアイテム――幻惑《げんわく》のピアスを使っているみたい。

王様やマルクさんはともかく、他の王族や使用人がいるからだろう。

私が呆然としていると、意外にも王様が口を開いた。

「俺が呼んだんだ。彼には、君の護衛も頼んでいる」

「王様が？」

あのロートスの花事件の犯人探しを手伝っていることといい、私の護衛の依頼を受けていることといい、最近のリクロスは王様と懇意《こんい》にしているみたいだ。

それに、彼はあの悲しそうな、皮肉めいた顔をしなくなった。

そんなことをぼんやり考えていると、王様が話を続ける。

「多くの人が集まるということは、それだけ邪《よこしま》な考えを持つ者も多くなる。気をつけておいて損はないだろう」

「王様……ありがとうございます」

私は王様に、ペコリと頭を下げる。

護衛をリクロスにしてくれたのは、事情を知る者を増やさないためだろう。

それと同時に、王様は私が気を遣わなくていい人物を選んでくれたように思う。

それにしても、前に私が一緒に行こうと誘った時は「やめておくよ」と言ったのに、王様に言われたら来るんだ。

……ふーん。

なんとなく苛立《いらだ》って、リクロスを恨《うら》みがましい目でジロリと見つめる。

すると、リクロスは私の視線を受けて、ニヤリと笑った。

「メリアを驚かせようと思ってね。ビックリしただろう？」

「えーえ。しましたとも。私の誘いは断られましたし！」

自分でも驚くくらい、ブスッとした声が出た。

リクロスも、これはまずいと思ったのか、機嫌をとるように謝ってくる。

「ごめんって。ねぇ、メリア、機嫌なおしてよ」

「別に怒ってないよ。来る、来ないはリクロスの自由だもの」

「怒ってるじゃないか」

「別にー。あ、そうだ。アンジェリカ様、頼まれてたもの、持ってきたよ」

リクロスの謝罪を無視して、私はアンジェリカ様に話しかける。

彼女はなぜか私とリクロスのやり取りをニヤけた顔で見ていた。

そして、まさか話しかけられるとは思ってなかったというように、驚いた顔をする。

「ま、まあ、できましたの？」

それでも、名指しで呼ばれたからには反応しないわけにはいかなかったのだろう。

アンジェリカ様はあの剣の柄《つか》に使った翡翠《ひすい》のような緑の大きな目を見開いて、一歩前に出てきてくれた。

私は頷いて、アイテムボックスを鞄《かばん》の中で開いて、完成した品物を差し出す。

「はい。今の私の最高傑作《けっさく》。日緋色金《ヒヒイロカネ》のレイピアです」

「……これは、なんて、なんて綺麗な……」

アンジェリカ様はレイピアを見て、感嘆の声を漏らす。

そうでしょう、そうでしょう。

私は思わずニンマリと笑った。

アンジェリカ様は、私が作ったレイピアを掲《かか》げる。

あんなに細い腕なのに、あの重たさ、平気なんだ。

――と思ったんだけど……

「まるで、風のように軽いですわ」

「え？」

そんなはずはないと、レイピアを見る。

すると、脳内辞書の説明文に文章が追加されていた。

《自ら持ち主を決める魔剣。選ばれた者が持つと、まるで風のように軽く、そして思うがままに火と風の魔法を操ることができる》

それをアンジェリカ様に告げると、彼女は驚く。

「まぁ、わたくしを選んでくれたってことなのね……」

我が子を見る母のような微笑みを浮かべて、嬉しそうにレイピアを眺めるアンジェリカ様に、私は作ってよかったと本気で思った。

けれど、それを見ていたマルクさんや王様たちはざわめく。

「め、メリアくん」

「どうしたんですか？　マルクさん」

「それは、何かな？」

アンジェリカ様に渡した剣を指差しながら、マルクさんが尋ねる。

「剣です」

私が平然と答えると、リクロスが勢いよく私の肩を掴んだ。

「そうじゃなくて！　これは、なんの剣だって言った!?」

「どうしたの？　リクロスまで。日緋色金《ヒヒイロカネ》だよ」

私が首を傾げながら答えると、王様が呆然としたように呟く。

「ドワーフの失われた技術であり、神の遺産といわれる日緋色金《ヒヒイロカネ》……この城にもあるが、国宝として、誰も触《さわ》れぬよう、厳重に保管されているものだ」

「王様、それって……」

サァーーッと血の気がひく。

でも、脳内辞書ではそんなこと一言《ひとこと》も……

私はもう一度、改めて脳内辞書に日緋色金《ヒヒイロカネ》のことを聞く。

すると、前に調べた時よりも詳細なことを教えてくれた。

なんでも、日緋色金《ヒヒイロカネ》の武器は古いもので、現在ではダンジョンの奥深くにしか存在しない……って、今さらそんな事実を知ってもー!!

そもそも、新しく作り出されることはないってことだよね⁉

私はおそるおそる、王様を見つめる。

「じゃ、じゃあ、これは……」

「普通の職人では作れる代物《しろもの》ではない。買い取るのは難しいかもしれない」

王様が首を横に振る。

……そうだよね、ミスリルがドワーフの秘術といわれているくらいだもの。

それよりいい鉱物なんて、存在していたらレア度が高いよね。

少し考えればわかりそうなものなのに、お祭りに気を取られてて思い至らなかった。

私が思い悩んでいると、アンジェリカ様が硬い声で言う。

「お父様……いえ、陛下。では、この日緋色金《ヒヒイロカネ》を諦《あきら》めるということでしょうか？」

「アンジェリカ？」

首を傾げたクレイス様を、アンジェリカ様はキッと睨《にら》みつける。

「お兄様は少し黙っててくださいね。国宝が一つ増えるかもしれないのに、むざむざと逃《のが》すのかと尋ねているのです」

「……だが、これほどのもの、値段などつけようがないぞ？」

「それはそうですけど……」

王様の言葉に、アンジェリカ様は苦悩したように黙り込んでしまう。

王族がそこまで悩むほどの品なのかと、申し訳なくなった。

今回の品物は王族に献上するために持ってきたのではなく、大会の目玉商品としてのもの。

だから、タダで渡すというわけにはいかないのだろう。

私はしばらく思案して、そうだと声をあげた。

「今回の祭りでは、奨学金を集めるために寄付を募集するって言ってましたよね？」

私が言うと、アンジェリカ様が戸惑《とまど》いながらも頷く。

「え、ええ。孤児たちの中にも、勉強しているうちに才能のある子たちが出てきたので、その子たちがより高度な教育を受けられるようにと……」

「なら、その剣の代金を寄付することにします。それで、王家が買い取る形にしてください」

私がそう言うと、アンジェリカ様は激しく首を横に振った。

「そんな！　メリア、それはダメですわ！　あなたからはすでに多くの資金をいただいていますし、月に一度の市場での売り上げも、ずっと子どもたちのために寄付しているじゃありませんか！」

「アンジェリカ様。私はこの地に住んだ時から、すでに多くをいただいています。その恩返しがしたいのです」

そう。神様から与えられた家に住んで、村の人と関わっているうちに、傷だらけだった心が癒《い》えていった。

この世界に来てはじめの頃は、前世の記憶の悪夢を見ることもあった。

でも、最近は見なくなった。

私が今思い浮かべるのは、この世界の優しい人々の笑顔。

それだけで、私はあたたかな気持ちでいっぱいになる。

だから、私はお返しがしたいのだ。

「でも！　……そうだわ！　でしたら、少しずつ支払うのはどうですか？」

「え？」

アンジェリカ様の提案に、私は首を傾げた。

よくわかっていない私に、彼女は説明してくれる。

「職人たちが言っていましたの。あんまり高価な品物を買う時に、一度に払えない場合は、分割という手段を使うことがあると。もちろん、信用のある方々としかそんなやり取りはしないそうですけど、わたくしとメリアの間柄《あいだがら》でしたら、問題ありませんわよね？」

「アンジェリカ様……」

そこまでしてくれるのかと感動していると、王様も興味深そうに口を開く。

「なるほど、そんな手があるなら、国家予算からも出せるな」

「お父様！」

「国宝級の品だ。アンジェリカ、お前一人が背負うものではない」

「……ありがとうございます」

王様とアンジェリカ様のやり取りを聞いて、私もそれならと頷いた。

レイピアの金額は、月割りで払ってもらうことで解決。

そのあと、私たちは王城の客間にひっそり通されて、祭りが始まるまで待つことになった。

お祭り、楽しみだなー！

空砲《くうほう》の音に交《ま》じり、ファンファーレが鳴り響く。

ついに祭りが始まった。

今日から数日の間、地方から選ばれた職人たちが腕を競う大会をするのだけれど、その前に王都で露店《ろてん》を開くらしい。

それを聞いて見に行きたいと思っていると、リクロスから一緒に行こうと誘われた。

それをどこからか知ったエレナさんとアンジェリカ様が「デートならばおめかししないと！」と、張り切って部屋に乗り込んできた。

「で、デートなんかじゃないですよ！」

私がそう言うのを無視して、二人は衣装を選び始める。

いったいどこにそんなに服があったの？

……と思ったら、エレナさんの荷物の一部が、私用に仕立てたドレスだったらしい。

エレナさんとアンジェリカ様は、きゃっきゃしながら選んでいる。

朝から身支度《みじたく》を整えてくれたマリアンさんやメイドさんたちも一緒になって選ぶもの

だから、私は着せ替え人形のようにせっせと服を着るしかない。

「これね」

「これですわね」

何度目の着替えかわからなくなった頃、ようやくエレナさんとアンジェリカ様の意見が一致した。

そのあと、軽い化粧を施《ほどこ》され、髪もセットされる。

全てが終わってお披露目《ひろめ》すると、エレナさんが私をぎゅっと抱きしめてくれた。

「やっぱり可愛い！　よく似合ってるわ」

「あ、ありがとうございます。でも、こんなにたくさんの服、いったいいつ……」

エレナさんが持ってきたという割には、サイズが私にぴったりすぎる。

不思議に思っていると、エレナさんは悪戯《いたずら》っ子のように笑った。

「ふふ、実はね、こうやって一緒に着替えたりできる妹がほしかったのよ」

「エレナさん……」

「だから、ねぇ、メリアちゃん。もしよかったら、お姉ちゃんって呼んでくれないかしら？」

エレナさんが、熱い目で私を見つめてくる。

そういえば、初めて会った時もそんなことを言っていたっけ……

私は狼狽《うろた》えながら、曖昧《あいまい》な笑みを浮かべる。

「で、でも」

「お願いよ。わたくしのこと、お姉ちゃんって呼んで」

「……わ、わかりました。エレナ、お姉、ちゃん……」

「ああ！　メリアちゃん、とっても嬉しいわ!!」

エレナさんは、再び私を強く抱きしめた。

うう、恥ずかしい。

精神年齢を考えたら、どう考えても私のほうが年上なんだけどなぁ。

でも、キラキラした目でお願いって言われると、どうしても弱い。

すると、アンジェリカ様もそれに便乗して、ずいっと一歩前に出てくる。

「メリア。わたくしのことも、ぜひ、お姉様と!!」

「いや、さすがにお姫様に対して、それは……」

私が恐縮していると、アンジェリカ様は声を張り上げる。

「わたくしがいいと言っているのだから、いいのですわ！」

「メリアちゃん、わたくしからもお願いよ。アンジェリカ様は、末の妹君でしょう？　姉君たちのように妹がほしいって、よく言っていたの」

「うう……」

エレナさんに優しい口調で言い聞かせられ、私は言葉に詰まる。

エレナさんだけでも恥ずかしいのに……アンジェリカ様までそう言うものだから、ますます私の顔は熱くなった。

でも、二人ともお姉ちゃんコールをやめてくれない。

私が困り果てた、その時。

コンコンと、ノック音が聞こえた。

「メリア？　そろそろ行かないかい？」

扉の外から、リクロスの声が聞こえる。

助かった。

行く約束はしたものの、時間までははっきりと決めていなかったので、呼びに来てくれたのだろう。

私がホッとしている一方で、アンジェリカ様とエレナさんは唇を尖《とが》らせている。

「邪魔が入りましたわね」

「仕方ないわ。じゃあ、メリアちゃん、楽しんできてね」

「は、はい。ありがとうございます」

「そうですわ。こちらもお持ちになってくださいな」

頭を下げた私に、アンジェリカ様は小さな袋を差し出した。

少し甘い、でも、爽やかな香りがする。

「これは、乾燥したお花を詰めて香りを楽しむ、サシェっていうの。最近の流行《はや》りなのよ」

「いい匂いですね。いただいていきます！」

サシェをポケットに入れると、アンジェリカ様とエレナさんは微笑んで私を見送ってくれた。

私はそそくさと部屋を出て、外で待っていたリクロスに声をかける。

「お待たせ、リクロス」

「そんなに待ってないよ」

いつものように微笑むリクロスと、お洒落《しゃれ》をした自分を見比べて、私は胸を高鳴らせる。

エレナさんとアンジェリカ様のおかげで、今の私は我ながら可愛いと思う。

あんまり高級なものを身につけると目立つかもしれないからと選んでもらった、今都市で流行しているというふんわりと大きく膨らんだスカートに、レースたっぷりのエプロン。

腕にかけた籠《かご》の中には、小さくなってもらった眷属《けんぞく》の皆が入っている。

うっすら桃色に染まった頬や、蜂蜜《はちみつ》パックした唇もプルプルしている。

「じゃあ、行こうか」

でも、リクロスは私を一目見ただけで、そのまま横に並んで歩き始めた。

……むぅ。少しくらい褒《ほ》めてくれてもいいのにな。


王城をこっそり出た瞬間、私は見慣れない光景に思わず声をあげる。

「わぁ!!」

お城から少し歩いたところにある、メインストリートの噴水の周りは、ギターのような楽器を奏《かな》でる人や、ジャグリングをするピエロ、そしてそれらを眺める人で溢《あふ》れている。

また、露店《ろてん》では客寄せの声が盛大にかけられていて、とても賑《にぎ》やかだ。

道行く人にぶつかりかけたのを見て、リクロスが私の肩を引き寄せる。

「メリア、あんまり僕から離れないで」

「ご、ごめん……」

ボソリと頭の上で呟くので、カァッと照れてしまう。

ぶつかりかけた人はそれを見て「けっ」と唾《つば》を吐き捨てて行ってしまった。

「はぐれないように手を繋《つな》ごうか」

「う、うん」

私はおそるおそる、リクロスと手を繋《つな》ぐ。

エレナさんとアンジェリカ様の言葉を思い出して、本当にデートみたいだ、なんて思ってしまう。

ドキドキしながら露店《ろてん》を回っていると、あれ？　と目に留まった店があった。

他の店のような華やかな品物ではない。

どちらかというと、質素なものばかりだ。

なのに、私の目には輝いて見えた。

「魔物の素材だぁ」

そう。そこは私が今まで手を出せなかった、武器を作るために使う、魔物の素材のお店だったのだ。

「オーガの角《つの》に、ワイバーンの鱗《うろこ》、ハーピィーの羽……」

たくさんある素材に、胸がときめく。

私がたくさんの品物に目移りしていると、リクロスが覗《のぞ》き込んできた。

「メリア、それ、買うの？」

「うん！　今までずっと試せなかったんだよね」

次から次へと品物を指差して購入することを伝えると、上客と判断したのか、店員さんが話しかけてくる。

「お客さん、何かの職人さんなのね？　なんの職人？」

「ええ、まあ。鍛冶師《かじし》なんですよ」

「なら、オススメあるよ。ガーゴイルとゴーレムからとれた石ね。オススメよ」

ゴーレムって石の人形だよね。

どんな石なんだろう……気になる。

魔物の素材を使ったとしても武器の質からすれば、ダンジョンで採《と》れる鉱石で作るものとそんなに変わらないかもしれない。

……けど、やっぱりファンタジーといえば、魔物の素材を使った武器だよね！

「じゃあ、それもください！」

そんな私の様子を見て、リクロスがボソッと言う。

「そんなに魔物の素材がほしかったなら、今度お土産《みやげ》に持っていってあげようかな」

私に向けた言葉じゃなくて、本当に思ったことがぽろっと出たような呟きだった。

思わず、リクロスの顔を見つめる。

呟きが聞こえたことに気づいたのだろう、リクロスの顔がほのかに赤くなる。

「大した意味じゃないよ。メリアにはいろいろやってもらってるから、そのお返しにね」

「う、うん」

そう言いながらも、握ったままの手が先ほどよりもあったかい気がして、照れてしまう。

その時、通りかかった少女たちが、見覚えのある小さな布袋を嬉しそうに持っているのが目に入った。

じっと少女たちを見つめていると、リクロスは不思議そうな顔をする。

「ん？　どうしたの？　メリア」

「ああ、リクロス。なんでもないよ。ただ、あの子たちが持ってた小袋が気になっただけ」

リクロスもそれに気づいて、ああ、と頷く。

「あれか。あれは最近この王都で流行《はや》ってるっていう香り袋だね」

「！　そっか、見たことあると思ったら、さっき渡されたこれか」

私はポケットの中を探り、少女たちが持っているのとよく似た小袋を取り出す。

そりゃ、見覚えがあるわけだ。

辺《あた》りを見回すと、このサシェを持っている人が多いことがわかる。

アンジェリカ様、流行してるって言っていたもんね。

それに、香水は高いけど、これなら自然にいい匂いがするし、乾燥したお花って多分ドライフラワーのことだから、格安で作れる。
貴族じゃなくても買えて楽しめるなら、売れるわけだ。
うんうんと納得して、サシェをまたポケットに入れる。
ひとまずサシェのことは置いておいて、リクロスと一緒に祭りを楽しもう！
私たちはお肉の焼ける匂いがする露店へと足を進めた。
露店での買い食いも祭りの醍醐味《だいごみ》だよねぇ。
まだまだお祭り楽しむぞ！

第五章　ロートスの花、再び

城から空砲《くうほう》が再び上がる。

「職人の腕を競う大会が開始されるぞ！」

街を巡回している兵たちが大きな声で言っているのを聞いて、私たちは開催場所である王城前の広場へ向かった。

やはり、メインのイベントだけあって、たくさんの人が集まっている。

広場の中央には、朝にはなかった大きな舞台が作られており、それを囲むように一定の間隔で兵士たちが立っている。

念のための警備かな？

そう思った瞬間、大きくラッパの音が鳴り響いた。

そして、舞台の奥からアンジェリカ様が姿を現す。

「皆様、ご機嫌よう」

アンジェリカ様は、決して声を大きく張ったわけではない。

けれども、彼女の声はこの広場全体に響き渡る。

まるで、何かの魔法みたい。

「姫様ー‼」

「我が国に栄光あれー‼」

アンジェリカ様の挨拶《あいさつ》はたった一言《ひとこと》だったのに、次の瞬間、周囲から彼女への言葉や歓声が次々に飛び交《か》う。

まるでコンサート会場のようだ。

しかし、アンジェリカ様が手を挙げた瞬間、その声はぴたりとやむ。

「わたくしは、フリューゲル王国、第三王女アンジェリカ。敬愛なる父でありこの地を治める王より、職人や子どもたちの未来を担《にな》う機関を任されております。その一環として、普段から身を粉にして働いている職人たちへの感謝を込めて、そして各街や村にいる職人たちに切磋琢磨《せっさたくま》してもらうために、この祭り……この大会を開催いたしました‼」

再び、ウワァァーーーッと歓声があがる。

熱気に満ちた会場で、アンジェリカ様は再び口を開いた。

「多くは語りません。ただ、第一回に相応《ふさわ》しい作品が皆様を楽しませてくれることは確かです！　さぁ、始めましょう‼　一つ目の作品は――――！」

どうやら、アンジェリカ様が職人や品物を紹介するようだ。

紹介された職人は、自身の品物の優《すぐ》れている点や、こだわった部分などをアピールする。

彼は緊張しているようでつっかえながらだけれど、懸命に説明していた。

着せ替え人形をしている時にアンジェリカ様から聞いた話では、今日紹介される作品は、武器がメインらしい。

祭りに来るために護衛を雇う貴族が多く、武器を求める冒険者も大勢集まっているかららしいだそうだ。


「メリアの作品はいつ出るんだろうね？」

こそりと耳打ちしてきたリクロスの言葉に、私は思わず頬をかく。

そして、支払いが決まったあとの二人の台詞《せりふ》を思い出した。

あの場に、リクロスもいたはずなんだけどどうやら彼は聞いていなかったようだ。

「あー……それなんだけどね、実は公開されないことになっちゃったの。さすがに国宝級を作れって発破《はっぱ》をかけるのは酷《こく》だろうって」

本来の予定では、私の作品は職人たちの士気を高めるために、この場で披露《ひろう》されるはずだったのだけれど……日緋色金《ヒヒイロカネ》のアイテムがレアすぎるので、公開はせず、王城で保管することになった。

事情を説明すると、リクロスも納得して頷く。

「それは確かにそうだね」

——神様からもらった力で作ったものだもの、大切に扱うのは当然だよ。

「フロー。ダメじゃない、籠《かご》から出ちゃ……」

突然、籠《かご》の中から顔を出したフローを窘《たしな》める。

フローたちは、だいたいの人にはただの動物に見えているけど、たまに神獣の眷属《けんぞく》だと見破る人もいる。

王都で皆の正体がバレたら、大騒ぎになること間違いない。

慌《あわ》てる私に、フローはちょっぴりムッとしたように言う。

——僕も、護衛。神様に頼まれた、お仕事だもん。

フローはするりと籠《かご》から這《は》い出て、素早《すばや》く定位置の腕に巻きつくと、つぶらな瞳で私を見つめる。

——ダメ？

「〜〜っ！　ダメじゃない。いつもありがとうね」

純粋な目を見て、結局私が折れてしまった。

まあ、フローは普段からずっと一緒だから、腕にいないのが私も落ち着かなかったんだよね。

そんなことを考えながら、私は再び舞台の上へ視線を向けた。

次々と、職人が自らの自慢の品を持ってきて、アピールしている。

火を噴《ふ》く剣や、キラキラと輝く黄金の盾、魔物の骨を固めて作ったという、履《は》いて使うブーツみたいな武器。

普段は人が作った武器を見る機会なんかないから、新鮮だ。

「うわぁー！」

私が思わず感嘆の声をあげると、リクロスも目を瞠《みは》っていた。

「これはすごいね。ドワーフの武器に近いものもあるみたいだ」

「そうなの!?」

目の肥《こ》えているリクロスがドワーフに近いと言うほど褒《ほ》めるってことは、相当腕のいい職人さんが作ったということだろう。

何せ、ドワーフは物作りの天才とされている種族で、隠れ里に住んでいるらしいからね。

いつか行ってみたいなぁ。

そんなことを思う。

大会の一日目は、冒険者たちの興奮の冷めやらぬ声に包まれたまま終わった。

私は、大会というのだから順位をつけるものだと思っていたのだけれど、どうやら一位を決めることはないらしい。

こういう作品を作れるんだと、職人が人々にアピールする場のようだ。

ちなみに、作品はこのあとオークションで売買されるらしい。

この世界は日本とは違って、情報が飛《と》び交《か》うネット社会じゃないから、宣伝しようとしても、チラシを配ったりギルドに売り込んだりというくらいしか方法がない。

だから、腕のいい職人さんもほとんどが埋もれてしまっているらしく、アピールできる場をもらえてありがたいと、参加者の一人が言っていた。

確かに、私も腕はいいと皆に褒《ほ》めてもらえるけど、お店は閑古鳥《かんこどり》が鳴いているしなぁ……

のんびりした生活もいいけど、もうちょっとお客さんが来てもいいよね。

でもそうなるとリクロスが来づらくなるし、眷属《けんぞく》の皆とのんびりもしづらくなるし、やっぱり今のままでいいかな。なんて思ったりして。

私はちょっぴり苦笑いしたのだった。


「どうでしたか？」

私が城に帰り、あてがわれた部屋で寛《くつろ》いでいると、アンジェリカ様がやってきた。

彼女は、私に今日の様子を尋ねる。

興奮が冷めていないのか、その顔は紅潮《こうちょう》していた。

「すっごく楽しかったよ。職人さんも、見ているお客さんも楽しそうだった！」

そう言うと、アンジェリカ様はものすごく嬉しそうな笑みを浮かべた。

「本当ですか？　嬉しいですわ……！　明日はドレスや帽子、靴《くつ》などの衣類を扱う職人が、腕によりをかけた作品を紹介するので、楽しみにしていてくださいましね」

「ええ！　楽しみにしてます!!　……そうだ」

私は勢いよく頷いたあと、ふといいことを思いついて、提案してみることにする。

「衣装を披露《ひろう》するなら、舞台はこんな感じにしてはどうですか？」

「なんですの？」

首を傾げるアンジェリカ様に、私は前世のファッションショーを思い浮かべながら説明する。

舞台を長くして、モデルがその衣装を身につけて歩く姿を見せるのはどうかと、モデル歩きとか決めポーズとかも実際にやって見せると、アンジェリカ様はすっかり乗り気になった。

「マネキンに衣装を着せて披露《ひろう》する予定でしたが、それはいいアイデアですわね……でも、今からモデル？　というのは集まるかしら……？」

アンジェリカ様の不安ももっともだと思い、私もう一んと思案する。

「服のサイズはどうなってるの？」

「わたくしの体形に合わせていただいています。ですが、手直しくらいはすぐにできるはずですわよねぇ？」

アンジェリカ様が、後ろに控えていた使用人たちに尋ねる。

彼女たちは若干困ったような顔をしながらも、コクコクと頷いた。

無理な仕事をお願いしてしまい、悪いことをしてしまったかと申し訳なくなる。

でも、ファッションショーなんてテレビでしか見たことがないから、実際に見られると思うと少しワクワクしてしまう。

私が思わず頬を緩めていると、アンジェリカ様がひらめいたというように、パンと手を打った。

「そうですわ！　メリアも一緒に出てみませんこと？」

「え⁉」

私が戸惑《とまど》っていると、エレナさんが私の部屋に顔を出した。

エレナさんもお祭りを見て回っていたのか、今帰ってきたようだ。

「エレナ、ちょうどいいところに。今、メリアと話していたのですけれど――」

アンジェリカ様はそう言って、エレナさんにもモデルの誘いをかける。

すると、エレナさんはパァッと表情を輝かせた。

「まぁ、それは楽しそうね。メリアちゃんも出るなら、ますます楽しみだわ」

「でしょう？」

うふふと楽しげに笑う二人に乗せられ、結局私も出ることになってしまった。

私、ファッションショーに出るんじゃなくて、見たかっただけなのに……！

そう思ったけれど、時すでに遅し。

話はどんどん先に進んでいってしまい、私はもう逃げることができなかったのだった。


次の日、舞台を広げなくてはならないからと、形がわかる私が駆り出されることになった。

王城前の広場に行くと、アンジェリカ様と数人の騎士たちが待機していた。

アンジェリカ様はその人たちを舞台設置班だと紹介してくれる。

騎士たちは舞台のどこを変えればいいのか、私に教えてほしいと言った。

まだ舞台は昨日の形のままなのに、今から作業を始めて間に合うのかな？

私はそう思いつつも、騎士たちに指示を出す。

「その部分を盛り上げて、こっちを前に伸ばして……」

すると、彼らは土魔法を使って、モリモリと段差をつけていく。

まさかの魔法……！

これなら、一瞬で舞台が完成するわけだ。

今日はアンジェリカ様だけではなくエレナさんも出るからか、昨日よりも警備体制を強化するようにと騎士たちが話しているのを聞いた。

思っていたより大事《おおごと》になっていて、ちょっぴり緊張してしまう。

とりあえず、舞台はこれで完成したらしい。

「私、先にお城に戻りますね」

アンジェリカ様と舞台設置班の騎士たちに声をかけて、私は部屋に戻る。

すると、マリアンさんが扉の前で待っていた。

彼女はなぜか私に入浴を強く勧《すす》めてきたので、お風呂に入ることに。

ゆっくり湯船で身体を休めて、全身を綺麗に石鹸《せっけん》で洗う。

この世界のお風呂は高価な魔道具だから、一般家庭にはなかなかない。

神様の取り計らいで、うちには前世と同じようなお風呂があるんだけど、王城のお風呂はそれに勝《まさ》るとも劣《おと》らない広さで、気持ちがいい。

豪華なお風呂をゆっくりと堪能《たんのう》して、バスローブのような服を羽織《はお》って脱衣所を出る。

その瞬間目に入ったのは、ずらりと並んだ使用人たち……

なんだか嫌な予感がして、綺麗になったはずの肌を冷や汗が伝う。

「本日のイベントのために、お身体、綺麗にいたしましょう！」

マリアンさんはそう言うが早いか、私をベッドに寝かせる。

そしてパックにマッサージと、全身隈《くま》なくピカピカにされてしまった。

温泉に入ったあとよりツルッツルだわ、これ……

「では、次にお化粧を」

呆然としている私を置いてきぼりにして、マリアンさんは手早く支度《したく》を進めていく。

昨日アンジェリカ様とエレナさんにしてもらった時よりも、念入りに化粧された。

「メリア様は髪が短めですから、こういった少し派手な帽子のほうが似合うと思いますの！」

「いえいえ、こちらのほうが！」

使用人の女性の二人が、私にどちらの帽子を被《かぶ》せるかで口論している。

カラフルな鳥の羽根がついた帽子と、シンプルなレースの帽子。

私の好みは、ぶっちゃけレースの帽子のほうだ。

でも……

「あ、あの、着る服と合わせたほうがいいんじゃ……」

小さな声でそう伝えると、言い争っていた使用人たちは顔を見合わせる。

そして「衣装をとってまいります！」と言って、勢いよく部屋を出ていった。

マリアンさんはその様子を見て、ため息をつく。

「全く。申し訳ありません。……席を外させていただきますね」

やってきた男性の使用人に呼ばれて、マリアンさんも退室する。

彼女は疲れたような顔をしていた。

「お髪《ぐし》を整えますね」

そう言って、別の使用人が優しく髪をすいてくれる。

けれど、彼女も浮かない顔だ。

「どうしたんですか？」

気になって聞くと、その使用人は慌《あわ》てて頭を下げた。

「申し訳ありません！　お気になさらないでください」

彼女の負担にならないように、私は再度尋ねる。

「マリアンさんも、疲れたような顔をしていましたよね。何かあったんですか？」

「あのマリアン様が……」

マリアンさんが疲れていると言うと、彼女はどうしようと悩む素振《そぶ》りを見せた。

私はあと一押しすれば話してくれそうだと、もう一度お願いする。

「いつもここに来るたびにお世話になっているし、私にできることがあれば手伝いたいんです。どうか、何があったか教えてくれませんか？」

彼女は少し躊躇《ためら》って、ようやく重たい口を開いてくれた。

「……実は、ここ最近、使用人が突然姿を消す事件が起きているのです」

「え？」

思ってもみない話に、私は目を見開く。

使用人は不安げな表情で、話を続けた。

「最初にいなくなったのは入ったばかりの新人だったので、仕事が嫌になって勝手に出ていったのだろうと思っていたのです。ですが、私と仲の良かった子たちも何も言わずにいなくなってしまって……」

「何を話してるの！」

詳しく聞こうと思ったところで、マリアンさんが帰ってきてしまった。

マリアンさんは話していた使用人に鋭《するど》い視線を向けたあと、私に申し訳なさそうな顔をする。

「メリア様。この件は、城内の問題でございます。賓客《ひんきゃく》であるメリア様がお気になさることではございません……」

「でも……」

そんな深刻な事件を無視することなんてできない。

私はマリアンさんを見つめるけれど、彼女は冷静に首を横に振った。

「どうか、お気になさらず。さあ、本日の舞台のために、私どもも微力ながら頑張りますから」

わざとらしく明るい声を出したマリアンさんは、私の身支度《みじたく》を再開する。

そのあと、マリアンさんに事件のことを何度も聞こうとしたけれど、取り合ってはくれなかった。

気まずい雰囲気の中、突然大きな音を立てて扉が開く。

「お待たせしましたー‼」

先ほど帽子をどちらにするかで言い争っていた使用人たちが、元気よく帰ってきたのだ。

「見てください！　めちゃくちゃ可愛いんですよ!!」

「このレースとか、最高ですよねー」

「落ち着きなさい！」

ニコニコとドレスを見せてくれる使用人たちを、マリアンさんは一喝する。

そして呆《あき》れたような表情をしたあと、私を見た。

「メリア様、こちらの衣装を試していただいてもよろしいですか？」

マリアンさんに促《うなが》され、私は使用人が持っている衣装をじっと眺める。

ドレスには薄いピンク色のレースがたくさんついていて、ふんわりした形が特徴的。

前世でいうと、ロリータみたいな感じだ。

丈《たけ》は短めで、編み上げのハイブーツを合わせている。

可愛いけど、この世界の女性は膝下までは隠すのが常識らしいから、珍しく攻めたデザインじゃないかな？

そう思っている間に、使用人たちの手であっという間にドレスを着せられた。

「……これは、このレースの帽子ですわね」

着替えた私を見て、カラフルな鳥の羽根の帽子を勧《すす》めていた使用人が、がっかりしたように言った。確かに、フリフリで可愛らしい衣装には、鳥の羽根よりレースのほうが合ってるよね……

結果的に、私がマシだと思ってたほうになってよかった。

私が身支度《みじたく》を済ませると、アンジェリカ様とエレナさんの待つ部屋へと案内される。

中に入ると、綺麗に着飾った二人が立っていた。

エレナさんはシンプルなマリンブルーのマーメイドドレス。

ドレスがシンプルな分、髪形は華やかにしたようだ。

三つ編みにされた髪には、レースのリボンが複雑に編み込まれており、ところどころ造花で飾られている。

アンジェリカ様は、初めて会った時のドレスとよく似たレースと刺繍《ししゅう》があしらわれた派手めのドレス。

髪形もいつも通りだけど、それが自然でよく似合っている。

その他にも綺麗に着飾った女性たちがいる。

どうやら、アンジェリカ様が集めた人みたい。

女性たちは皆緊張した様子で、部屋の端のほうで座っている。

まあ、王族と同席とか普通は緊張するよね……私は前のお茶会で慣れたけれど。

私は内心で女性たちに深く共感したのだった。

そして、あっという間に大会の時間になった。

「ご機嫌よう、皆様」

昨日とは打って変わって女性が多い会場の舞台の上で、アンジェリカ様が挨拶《あいさつ》をする。

私たちは、舞台の袖《そで》で呼ばれるのを待っている最中だ。

中には、緊張のあまりガタガタと震えている女性や、靴《くつ》のつま先を弾《はじ》いている少女もいる。

舞台袖《ぶたいそで》は、どこか落ち着かない雰囲気が漂《ただよ》っていた。

そんな雰囲気をものともせず、エレナさんは頬に手を当てて困ったように微笑み、小さな声で尋ねてくれる。

「あらあら……メリアちゃんは大丈夫？」

「あ……は、はい」

私はふと、昔、会議で司会を任された時にした、緊張をほぐすおまじないを思い出した。

手のひらに「人」と書いて、呑み込む。

「なあに？　それ」

私の様子を見ていたらしい一人の女性が、首を傾げて聞いてくる。

「緊張がなくなるおまじないです。『人』……こういう形の文字を呑むことで、人に呑まれず、話せるようになるっていう……」

私は、もう一度手のひらに「人」と書いて、その女性に見せる。

「まあ、面白いわねぇ」

その人も私と同じように、「人」と手のひらに書いて、呑み込んだ。

私たちの話を聞いた他の人たちも、気になったようで周りに集まってくる。

私はもう一度、おまじないの説明をした。

すると、皆一斉《いっせい》に「人」という字を書いて呑み込んでいく。

これで皆の緊張がほぐれたらいいなぁ。

そんなことを考えている間に、アンジェリカ様が見本を見せるように長くなった舞台の道を歩いていた。

彼女は堂々と楽しげにドレスを翻《ひるがえ》し、舞台の先端で微笑むと、また戻ってくる。

昨日パフォーマンスすると決めて、練習もなく今が本番だなんてわからないくらい、本当にキラキラしている。

「さあ、出番よ」

エレナさんに手を引かれ、私も舞台の中央へ足を踏み出した。

そこからは、記憶がない……

――気がつくと、私は部屋で倒れ込んでいたようだ。

瞼《まぶた》を開けると、眷属《けんぞく》の皆とリクロスが、私の顔を覗《のぞ》き込んでいた。

「気がついた？」

心配そうなリクロスの声がするけれど、私は状況がわからず辺《あた》りを見回す。

「リクロス……わ、私……」

「出番が終わった直後に、気絶しちゃったんだよ。覚えてない？」

「覚えてない。ぶ、舞台は!?　私、失敗しちゃったんじゃ!?」

言い出しっぺなのに！

焦《あせ》る私の頭を、リクロスは撫でてくれる。

「大丈夫だったよ。すごく楽しそうに道を歩いてた」

――主《あるじ》さま、すっごく綺麗でしたわ！

――うんうん！

「そ、それはよかった……」

明るい声で褒《ほ》めてくれるアンバーと、それに同意してくれるフロー。

そんな二匹を見て、私はホッと胸を撫で下ろした。

意識はなくなったけど、無事、終えられたならよかった。

アンバーとフローは、そのあとも舞台での話を聞かせてくれた。

彼らがあの衣装が可愛かったと話すのを聞きつつ、自分の手を見て思う。

緊張をほぐすおまじないは、私の意識をトリップさせてショーを成功させたらしい、と。

そういや、昔、会議で司会した時も、一切記憶が残ってなかったんだよね……

私は思い出しながら、チラリとリクロスに目をやる。

「……」

リクロスは黙って考え事をしているようだ。

「どうしたの？」

私が声をかけると、リクロスは口の端を吊り上げながら、小声で言う。

「いや、どうも城内が落ち着かないようだと思ってね」

彼は人差し指で私の唇を押して「しぃー」と静かにするよう促《うなが》す。

そして、少しだけ部屋の扉を開けた。

「いたか？」

「いや、いない……いったいどこに」

廊下からは焦《あせ》ったような声を出しながら、ガチャガチャと鎧《よろい》を鳴らして足早に去っていく騎士たちの足音が聞こえてきた。

彼らがいなくなってから、リクロスは扉を閉める。

そして「ほらね？」とこちらを見た。

「どうやら、数人の騎士が、姿を晦《くら》ませているらしいんだ」

その言葉で、私は使用人の話を思い出す。

それを伝えると、リクロスは再び黙り込んだ。

しばらくして、彼は険《けわ》しい顔で部屋から出ていってしまった。

「気になるから少し調べてみるよ。メリア、彼らの側《そば》から離れないでね」

フローたちを指差し、そう言い残して……

◆◇◆◇◆

薄暗い部屋に、多勢の人が集まっていた。

鎧《よろい》を纏《まと》った騎士に、質のいいドレスを着た女性、町娘など、性別も年頃も様々な彼らだが、唯一共通することがある。

それは、皆虚《うつ》ろな目をしているということだ。

「ふふふ……やっぱり生花が一番よく香るわね」

白い幽美《ゆうび》な光を纏《まと》う花に触《ふ》れながら、笑う者がいた。

その人間は、まるで身を隠すかのように、フードのついたローブを着ており顔は見えない。

「はい……」

フードの者に対して、虚《うつ》ろな目をした青年が答えた。

「追加で頼んでいたものは準備できているかしら？」

「はい……こちらに」

青年はフードの者に答え、いくつもの小袋――サシェを差し出す。

「うふふ、長かった。長かったわ」

フードの者はそのうちの一つを持って微笑むと、まるで青年などいないように、独り言を続ける。

「城内を混乱させるのはなぜか失敗しちゃったし、この花も警戒されちゃってるだろうけど……これはどうかしら？」

その者は、ロートスの花から抽出して作った香水を、サシェに振《ふ》り撒《ま》く。

そして、青年にサシェを売りに出すように伝えると、彼は頷いてその場を去った。

フードの者はそれを眺め、過去の出来事に想いを馳《は》せる。

最初は花本体を使って王族の一部を操り、この国を崩壊させるつもりだった。

しかし、その計画は失敗。

しかも、この綺麗な花は危険なものだとお触《ふ》れがなされ、見かけたら騎士へ知らせるようにと、対策を立てられてしまった。

計画が狂ってしまって、どうしようかと悩んだのだが……先ほどの青年のおかげで、いい方法を思いついた。

最初は大きな影響がなくても、流行を作り出せば、次から次へと人は買いに来る。

途中で偽物……同業者が現れたのは計算外だったけれど、中毒者を使ってそいつらも操り、サシェの生産量を増やすことができた。

今ここにいる者たちだけではなく、多くの者が自分の言うがままに動くのだ。

なんと愉快《ゆかい》なことだろう。

「そうだ。あの偽善に満ちたお姫様が、守るべき者から牙《きば》を剥《む》かれたらどう思うのかしら？」

ぼんやりと座り込んでいる女の顔を持ち上げて、その耳元で囁《ささや》く。

「行きなさい。朝日が昇る、その時に――」

◆◇◆◇◆

――ドゴォーンッ!!

リクロスが出ていったあと、私が部屋で待っていると、何かが爆発するような大きな物音が、辺《あた》りに響き渡った。

「な、何事!?」

慌《あわ》てて窓を開けると、土煙《つちけむり》がモクモクと空へ立ち上っているのが見える。

――見てくる、見てくる!!

「オニキス！　危ないよ!?」

私が止めるのも聞かずに、オニキスは窓から羽ばたいていってしまった。

「だ、大丈夫かな……」

――影のは多分大丈夫や。それより、あそこを見てみぃ！

心配する私に、ルビーくんが城の入り口を指す。

そこには大勢の人が押し寄せていた。

閉ざされていたはずの門は壊され、騎士たちが必死で押さえ込んでいるのがわかる。

「何が職人感謝祭だぁ！　ただの機嫌取りだろ!!」

「今までの横暴がなかったことになると思っているの!?」

「俺たちから搾《しぼ》り取った金を返せぇ！」

そんな声が、風に乗って聞こえてくる。

昨日まで、あんなに祭りを楽しんでいた人たちがいったいなぜ……？

私が呆然と見つめていると、押し問答をしていた騎士の一人が、劣勢《れっせい》に耐えきれず剣を抜いた。

あ、危ないっ！

そう思った瞬間、暴動を起こしている人たちの前に、一筋《ひとすじ》の赤い影が割り込んだ。

「いけません！」

「ひ、姫様!!」

その影は、アンジェリカ様だった。

「彼らを傷つけることは、わたくしが許しません！」

アンジェリカ様は両手を広げ、騎士たちの前に立ち塞がり、睨《にら》みつける。

「な、何が許しませんだ！　それも機嫌取りだろ‼　やっちまえ‼」

アンジェリカ様に庇《かば》われた男が、声をあげて彼女に襲いかかろうとする。

それでも彼女は引く気配がない。

男の拳《こぶし》が当たりかけた時、土の壁がアンジェリカ様を守った。

「アンバー！」

——主《あるじ》さまのご友人ですもの、守ってみせますわ。

アンバーが遠隔で、アンジェリカ様の前に土の壁を作ってくれたらしい。

私はホッと胸を撫で下ろす。

「ありがとう……でも、どうしてこんなことに……」

——変な匂いがする。

ルビーくんが鼻を動かして、部屋の扉の前に立つ。

「え？」

私が首を傾げたのと同時に、突然バンッと扉が開いた。

この城の騎士と使用人のようだけど、目は虚《うつ》ろ。

自分の意思で動いているようには見えない……

——ロートスの匂い！　あの小袋っ‼

オパールがそう言った瞬間、アンバーが咄嗟《とっさ》に土壁を出してくれる。

分厚い壁に阻《はば》まれ、彼らはここまでは来られないようだ。

「ロートスの匂いって……まさか」

私は、ハッと息を呑む。

あの時の犯人が、再び戻ってきたということ？

「オパール、家でお留守番してる三匹を迎えに行ける？」

——うん……でも、道が……

そうだ。外を見てくると言って出ていったきり、オニキスは帰ってきていない。

空間移動はオパールだけでは難しく、他の眷属《けんぞく》と連携しないと使えない。

普段は使い勝手のいい闇《やみ》の力で、影を移動する方法をとっているけど……他の子たちで相性がいいのは……

土は通りにくそうだし、火は燃えてしまう。

水……水はどうだろう？

「フローと一緒には繋《つな》ぐことは？」

——オパールだけなら、いける。でも、他の子たちは難しいと思う。

今この場には、川などの広い水場がない。

だから、フローに水を出してもらわなきゃいけないけど、ラリマーやセラフィが通れるほど大量の水をここで出すのは難しいってことだよね。

「じゃあ、行きはオパールだけで、帰りはジェードと一緒に道を繋《つな》いでくれる？」

外ならどこでもジェードが風を吹かせられるから、大きな身体のセラフィとラリマーがいても、問題なく移動できるよね。

——それならいける!!

私はオパールの返事を聞いて、フローに頼む。

「フロー、お願いっ！」

——任せて！

フローが水の球を作り出す。

私はオパールを、この球に近づけた。

「お願いね……」

——頑張る。

オパールはそう言って水の球に潜り込み、姿を消した。

オパールは心配だけど……多分大丈夫。

それよりもアンジェリカ様の様子が気になり窓から身を乗り出す。

民衆はアンバーの土壁を登り、城内へと進行していた。

彼らと騎士が、再び緊迫した状況となっている。

アンジェリカ様は、必死に人々に声をかけてなんとか落ち着かせようとしているが、ここにいる騎士たちと同じロートスの花のせいだとすれば、正気に戻すのは難しいだろう。

彼らを操っているのは小袋だと、オパールは言っていた。

だとすれば、それは最近流行《はや》っていると聞いた、サシェだ。

私がポケットの中から取り出したサシェを見て、眷属《けんぞく》の皆が警戒する。

けれど、それは少しの間だけだった。

ルビーくんが鼻をひくつかせたあと、首を横に振る。

そうだよね。私はこれをずっと持っていた。

ルビーくんは扉一つ挟んだ場所でも匂いがわかるんだから、私が持っていたら気づかないはずがない。

ということは、ロートスとは関係のないサシェもあったということだろう。

そして運悪くロートスのサシェを手にした人だけが、ああやって操られているんだ。

私が表情を険《けわ》しくした瞬間、旋風《せんぷう》のような風が巻き起こった。

かと思うと、のんびりとした声が聞こえた。
——お待たせ～。
——またあの花だって？　何度も同じ手とか、よく飽きないなぁー。
「ラリマー！　ジェード!!」
——妾《わらわ》もおるぞ？　妾《わらわ》の主《あるじ》。
「セラフィも！　皆、ありがとう」
私の目の前には、ラリマーとジェード、セラフィの姿があった。
「アンジェリカ様たちが危ないの。早く行かなきゃ！」
——メリアが行ってもなんの役にも立たないだろー。そこで待ってろ。
言うが早いか、ジェードが空を駆ける。
すると一瞬のうちに、操られている人たちのサシェが、空へと舞い上がった。
彼らはそれをぽかんと見たあと、すごい形相になってジェードに手を伸ばす。
「返せ、返せ」と叫びながら。
けれど、空高くにいるジェードに、その手は届くはずがない。
ジェードはそんな彼らをものともしない。
いや、むしろ挑発しているようにも見える。

私がその様子を眺めていると、次はセラフィが行動を起こした。

――妾《わらわ》だけでこの数は面倒じゃ。水の、協力してたもう。

――うん！

フローが、大きな水の球を出すと、セラフィはそれに近づいて、口を寄せる。

しばらくしてセラフィが顎《あご》をくいっとあげると、フローはその水の球をジェードに手を伸ばす人々の上に移動させる。

そして、パチンという音とともに水の球が弾《はじ》け飛んだ。

突然の出来事に、アンジェリカ様たちは目を丸くして、水の球があった空を指差している。

――あとは一気に片づけてしまおうぞ。

セラフィがそう言うと再びフローが水の球を作り、先ほどと同じことをする。

今度は水の球が弾《はじ》けたあと、まるで雨のように水が辺《あた》りに降《ふ》り注《そそ》ぐ。

その水を浴びた人たちは、パタパタと倒れていった。

私は思わず呟く。

「……最初っから、こうしておけばよかったんじゃ？」

――自らの君主に牙《きば》を剥《む》いたのじゃ、すこぉし、水を被《かぶ》って反省するとよかろう。

セラフィは悪戯《いたずら》が成功した子どものように、ケラケラと笑っていた。

そのあと、城内の操られた人々も、セラフィとフローの癒《い》やしの水によって正気に戻すことができた。

ジェードが風で回収したサシェは、ルビーくんが燃やしたあと、ジェードが匂いを遠ざけて処理した。

今回の騒ぎで、サシェを扱うことはどのお店でも禁止になり、これまでに売っていた者は取り調べを受けることに。

ロートスの中毒者への対応として、フローとセラフィが作った癒《い》やしの水を用意し、水薬として渡した。

まあ、空の上からぶっかけたやつを容器に移しただけなんだけど。

それだけでなく、今後ロートスの花の匂いを嗅《か》いだ時のために、以前も使った薔薇《ばら》のような花の匂いを抽出した香水を予防用につけてもらうことになった。

薔薇《ばら》のような花の匂いには、ロートスの花の匂いを打ち消す効果があるんだよね。

そういうわけで、その花がたくさん必要になった。

花はラリマーの力で咲かすことができるから、それ自体は問題ないんだけど、王都で咲かせるのは難しいらしい。

アンバー曰《いわ》く、前回無理やり王城でその花を咲かせたために、大地の力がかなり弱まっており、花の効果も同様に弱まってしまう可能性があるとのこと。

さらに、元々人の数が多いために負の感情が溢《あふ》れている王都では、眷属《けんぞく》たちの力が使いにくい。

暴動で感情の渦《うず》が巻き起こったので、なおさら難しいみたい。

そこで、私の家の庭に薔薇《ばら》に似た花を大量に咲かせて、それをオパールとオニキスが王都まで持ってくるという形をとることにした。

ちなみに、出ていったきり帰ってこなかったオニキスは、同じく爆発音を聞いて城に戻ろうとしていたリクロスに保護されていた。

爆発音は舞台の破壊音だったそうで、オニキスはそれを知って戻ってこようとしたけれど、城がある方向がわからずに迷子になっていたそうだ。

こんなに大きな建物を見逃したの？

……と思ったけど、鶏《にわとり》って元々視力が弱い生き物だった……

「もう。次からは勝手に行っちゃダメだよ？」

――もうしない。しない。反省。

しょぼんとするオニキスの頭を撫でながら、リクロスにお礼を言う。

「ありがとう、リクロス。でも、リクロスはどうしてすぐに戻ってこなかったの？」

「実はさ……あの時、騒動に紛《まぎ》れて、数人が王都から出ていったんだ。僕はそれを見て、あとを追っていた。もしかしたら犯人かもしれないからね」

王城が攻撃されていたのだから、避難するために王都から離れようとする人もいただろう。

犯人たちが逃げ出しても、おかしくない。

私が納得していると、リクロスは再び口を開いた。

「王都を出ていく人たちの中に怪しい者を見つけたんだけど……彼らは、北へ向かった」

「北へ？」

「うん。でも、問題はここからなんだ。北に向かった先に何があると思う？」

リクロスは私に頷きながら真剣な、静かな声で私に質問する。

少し考えていると、脳内辞書がその答えを教えてくれた。

私は目を見開きながら、その問いにゆっくり答える。

「魔の、島……」

「そう、僕たち魔族の島だ」

それって、つまり……

「じゃあ、魔族が今回の事件を引き起こしたってこと？」

「その可能性はある。……もしかしたら別の場所へ行くためのカモフラージュかもしれないけどね」

リクロスが腕を組んで、悲しげに続ける。

「とりあえず、今はリュミーに彼らのあとを追うよう指示を出している。様子を見るしかないだろう」

「リュミーさんに？」

久しぶりに聞いた名前を繰り返すと、リクロスは首を縦に振った。

「ああ。元々、前回の事件の首謀者を追わせていたんだ。昨日、メリアから行方不明者《ゆくえふめいしゃ》の話を聞いたあと、それも含めて調べさせていたんだよ」

それで、最近リュミーさんは私の家に来なかったのか。

私はそう考えながら、思わず渋《しぶ》い顔をする。

「今の話、王様たちにも伝えないと」

「そうだね。今は暴動の後始末をしていて聞けないだろうけど、早めに伝えないとね」

私とリクロスは頷き合う。

すると、ちょうどマリアンさんが私たちの様子を見に来てくれた。
私たちは彼女に、王様に早めに知らせたいことがあると伝えてもらうよう頼んだ。
……なんだか、大変なことになってきたなあ。

第六章　行方不明者《ゆくえふめいしゃ》と魔の島

暴動事件が起きたあと、私たちはひとまず王城で待機することになった。

それから二日後、リュミーさんが作ったらしい魔造具、言葉鳥《ことばどり》が部屋の窓に現れた。

魔造具というのは、魔力を込めることで発動する機械のようなもののこと。

そしてこの言葉鳥は、名前通り鳥の形のメッセンジャーで、あらかじめやり取りする者同士の魔力を覚えさせることで、その魔力を持つ人に伝言を届けられるそうだ。

その言葉鳥にはリクロスの魔力が込められていたので、まっすぐ城まで飛んできたらしい。

私はその鳥を可愛いなぁと眺めていたけど……

その嘴《くちばし》が開いた途端、一気に背筋が凍《こお》りついた。

なぜなら、言葉鳥の伝言は、犯人と思われる人物たちが魔の島に辿《たど》り着いたという報告だったから。

そのあとすぐに、私とリクロスは謁見《えっけん》の間《ま》に向かった。

二日前にマリアンさんに伝言をお願いして、今日謁見《えっけん》が許されたのだ。

部屋に入ると、玉座に座ってすでに待っていた王様が、厳《おごそ》かに口を開く。

「待たせてすまなかったな」

王様だけでなく、アンジェリカ様も、この場にいる。

後始末でまだ忙しいのだろう、顔には疲労が滲《にじ》み出ていた。

「いえ、お忙しい中、申し訳ありません」

私が言うと王様は首を横に振り、悔《く》いるように問題のサシェを見つめていた。

「まさか、敵がこのようなものを利用しているとは思わなかった」

「……」

アンジェリカ様もサシェを見て、悲しそうな顔をしている。

職人感謝祭は、あのあと強制終了。

騒ぎの原因になったと貴族たちが非難の声をあげていると、使用人たちが話しているのを聞いた。

いたたまれない気持ちになっていると、王様がじっと見つめてくる。

「今回も、助けられたな」

「いえ、眷属《けんぞく》の皆のおかげですから」

私は首を横に振って、頑張ってくれた皆を思い浮かべる。

けれど、今はそんな雑談をしている場合ではないのだ。

「それより、王様。リクロスの報告を聞いてください」

「ん？」

私の言葉に、王様たちはリクロスのほうを向いた。

それを見て、リクロスが口を開く。

「実は……」

リクロスの報告を聞き終えて、王様たちは頭を抱《かか》えた。

「……魔の島だなんて」

青ざめたアンジェリカ様が呟き、王様がため息交《ま》じりに苦悩の声を漏らす。

「今回の一件だけでなく、前回の事件にまで魔族が絡んでいる可能性が出てきてしまったということか……この二日の間に暴動に加担した者の調査をしたのだが、行方不明《ゆくえふめい》になっている者の一部は、未だに見つかっていない」

私は目を瞠《みは》った。

つまり、行方不明者《ゆくえふめいしゃ》はロートスの花で操られて、魔の島に連れていかれた可能性が高いということ？

ロートスの匂いを過剰《かじょう》に摂取すると、命に関わる。

監禁されているだけならまだしも、魔物が多い魔の島に閉じ込められ、敵が強大な力を持つ魔族だとすると……事態はかなり深刻だ。

誰もが口を噤《つぐ》んでいたその時、リクロスが一歩前に出た。

「今回の一件、僕に任せてもらえませんか？」

「何？」

怪訝《けげん》な顔をする王様に、リクロスはきっぱりと告げる。

「おそらくは僕の一族の者の仕業《しわざ》です。身内の後始末をするのは当然のことでしょう？」

「しかし……」

「魔の島に住む魔族は、エルフの里の者よりも警戒心が強い。それに……あなた方が上陸した瞬間、最後の安息の地まで奪われるのかと落ち着かない者も出てくるでしょう」

渋《しぶ》い顔をしていた王様は、それを聞いてビクッと肩を震わせた。

そして、悩むように視線を彷徨《さまよ》わせる。

「しかし、君だけでは、民が我に返った時パニックに陥《おちい》る可能性があるのではないか？民は、魔族である君を恐れている」

「それは確かに……」

「それなら、わたくしも連れていってくださいまし！」

俯《うつむ》くリクロスに助け舟を出すように、黙っていたアンジェリカ様が身を乗り出した。

王様は勢いよくアンジェリカ様のほうを向いて、声を荒らげる。

「何を言っている！」

「わたくしは所詮第三王女。死んでもこの国になんの影響もありませ……」

アンジェリカ様がそこまで言った瞬間、王様がパンッと彼女の頬を叩いた。

「馬鹿者。お前は、お前に任せたあの機関が、大切ではないと思っているのか！」

「お、おとう、いえ、陛下……」

言葉に詰まったアンジェリカ様を諭《さと》すように、王様はゆっくりと語りかける。

「あれはお前の夢ではなかったのか？」

「夢ですわ！　しかし、今回の騒動を招いてしまったのは、わたくしの愚《おろ》かな考えのせいです！　そのために苦しむ方々がいるのなら、わたくしは……」

「あの祭りのどこが愚《おろ》かだというのだ。暴動が起きる直前まで民たちが浮かべていた笑みは、誰が作り出したものだ？　今回のことはロートスの匂いを広めた犯人のせいだ」

「……陛下」

はらはらと涙をこぼすアンジェリカ様に、王様はさらに優しく声をかける。

「確かに、民の中には不満を持っていた者もいるだろう。だが、それに気づけなかったのは、お前のせいではなく、俺の責任だ。お前が魔の島に行くことは、王であるこの俺が許さん」

そう断言して、王様はリクロスを見た。

「今回の件、魔族の、君の同胞《どうほう》の仕業《しわざ》だと言うのならば、どう責任をとるつもりだ？」

「その首謀者の首を持ってきます」

キッパリと言いきったリクロスの目は冷たく、氷のようだ。

私はその空気をなんとかしたくて、思わず口を挟む。

「私も行く！」

「メリア!?」

リクロスが驚いたような声をあげるけれど、私は必死に言い募る。

「ロートスの花を対処するにはラリマーとジェードの、中毒の緩和にはセラフィの力が必要だよ？　それに、魔の島からここまで戻るのだって、大変なはずだよね。オパールとオニキスの力を借りたほうがいいと思う。それに、私は普通の人だから、正気に戻った人たちへの説明だってできるよ」

「でも、君には、戦う術《すべ》がない……」

そう呟いたリクロスに、私は頷く。

「確かに、私には戦う術《すべ》も、自分を守る術《すべ》もないよ。でも、私には、鍛冶《かじ》がある！」

神様がくれた、この世界にはない、反則級の力。

それがあれば、なんだって生み出せるんだ。

「……絶対に眷属《けんぞく》様たちから離れないで」

私のやる気が伝わったのか、リクロスはそれ以上反対しなかった。

私たちのそんなやり取りを見た王様は、申し訳なさそうな顔をする。

「……決定だな。我が民を頼む」

そう言って頭を下げた王様に、私とリクロスは力強く頷いた。

話が終わり、私とリクロスは謁見《えっけん》の間《ま》を出ようと、王様たちに背を向ける。

すると、王様がアンジェリカ様を懇々《こんこん》と叱《しか》っている声が聞こえた。

暴動を起こしている民の前に出て騎士の剣をおさめさせたり、魔の島に行くと提案したり、危ないことはしてはいけないと。

私は振り向いて、それを見る。

そして、ああ、やっぱり家族なんだなぁと、あったかい気分になるのだった。

私とリクロスは長い廊下を歩きながら話し合い、一刻も早いうちに魔の島へ行こうと結論を出した。

そして魔の島へ乗り込む準備のために、私の家に移動することに。

私にあてがわれた客間に戻ると、すぐにオニキスとオパールに頼んで家への空間を繋《つな》いでもらった。

家に着いた途端、リクロスは真剣な顔で私を見る。

「やっぱり、メリアは行くのをやめない？」

「やめないよ。リクロスだけだと危険なんでしょう？」

私が間髪《かんはつ》を容《い》れずに返すと、リクロスはぐっと言葉を詰まらせる。

「それは……そうだけど」

「なら、ついていく。大丈夫だよ。何度も言うけど、私には鍛冶《かじ》スキルがあるんだから!!」

私はリクロスを安心させるように、にっこりと微笑んだ。

たくさんのアイテムをコツコツ打って、熟練度を上げて、国宝級だと言われるくらいの作品を作れるようになったんだ。

それに、私のアイテムボックスにはフローの脱皮やオニキスの卵、セラフィの羊毛と、本来なら手に入らないような珍しい材料だってある。

出《だ》し惜《お》しみはしない。

私の身を守りきれるものを作ろう。

そう心に決めて、ルビーくんと炉《ろ》の前に立つ。

身につけるのは私だから、攻撃力はなくていい。

私は非力だから、どうせ戦えない。

ひたすら防御に特化したものを作ろう。

ハンマーをぎゅっと抱きしめて、作るものを決める。

セラフィの羊毛とオリハルコン、そして祭りで購入したオークの皮を使う。

オークは回復力に優《すぐ》れた魔物なので、セラフィの羊毛と同じく自動回復効果が期待できるはずだ。

作るのは、肩や胸元だけを金属で覆《おお》い、残りの部分は動きやすいように布地でできている、軽鎧《けいがい》とも呼ばれる種類の防具。

本来なら金属部と布地をあとから繋《つな》げるはずなのだけど、私のスキルではその手間をかける必要がない。

材料をアイテムボックスから取り出して、作業台の上に並べる。

金床《かなどこ》の前に立つと、半透明の板が出現した。

最初の頃に比べると作れるものが増えたから、たくさんの種類が一覧にされている。

そこから軽鎧《けいがい》の項目を選んで、タッチした。

そして、準備していた材料を全て、炉《ろ》の中に放り込む。

ルビーくんがその前に立って、メラメラと燃える炎《ほのお》を操った。

しばらくすると、炉《ろ》がピカッと光る。

私はその瞬間を逃《のが》さず、中のものを取り出す。

そして、ハンマーで何度もそれを叩いた。

徐々に音が変化していき、カンッ！　と甲高《かんだか》い音が鳴れば完成だ。

それからいくつか、別のアイテムも作ることにする。

出来上がったのは、まるで羽根のように軽く、私の動きを阻害《そがい》しない理想の防具。

見た目はゲームによく出てくる初期の鎧《よろい》みたいに質素なレーザーアーマーだけど、狙い通り自動回復効果はついている。

頭につける額当《ひたいあ》てには、物理攻撃の反射機能。

腕当てには魔法攻撃の反射機能。

足当てには、筋力アップと瞬発力アップの強化スキルをつけておいた。

いざとなれば、これで逃げることが可能なはず。

それから、リクロスのための武器。

今回作ったのはフランベルジュという種類の剣だ。

刀身が波打ち、炎《ほのお》のように見えるのが特徴。

これは、アンオブタニウムという誰も聞いたことがないような金属で作ってみた。

私も今まで作ったことがなかった金属だ。

これのすごいところは、ミスリルに、オリハルコン、アダマントに日緋色金《ヒヒイロカネ》と、伝説と呼ばれる金属を大量に使用するにもかかわらず、ほんの僅《わず》かな量しかできないことだ。

その分、全ての金属に勝《まさ》ると言っていいほど欠点がないんだけどね。

さて、リクロスにどうやって渡そう……

私が悩んでいると、リクロスが家に入ってきた。

鍛冶《かじ》をしている間は集中できるようにと、外で待っていてくれたのだ。

「もう終わった？」

私はフランベルジュを咄嗟《とっさ》にアイテムボックスに隠す。

そして、リクロスの前に立った。

「どうかな？」

作った防具を全て装備した私は、いかにもファンタジー世界の冒険者といった出で立《いでた》ちのはずだ。

リクロスは私が身につけたものを見て、少し呆《あき》れながら笑った。

「こんなの普通じゃ作れないよ。もう、なんでもありだね」

聞きたかったのは、そこじゃない!!

内心ムッとしている私をよそに、リクロスは優しく声をかけてくる。

「じゃあ、行こうか」

そして、私たちは今度こそ家の外に出る。

すると、庭に埋めた時よりも少し成長した聖霊樹の若木が揺らめいた。

まずい。

私は慌てて、聖霊樹に近づく。

「セイちゃん、今はダメ!!」

――誰か、いるの？

小さい声で話しかけると、フローたちと同じように、私にしか聞こえない声が頭に響いた。

私はホッとしながら、コソコソと言う。

「うん。それに私、今から魔の島に行くから、お話もできないよ」

――魔の島ですって！　あそこはダメよ。危ないわ‼

「無理やり連れていかれた人たちがいるの。放っておけない。ロートスの花が使われているらしいし……」

心配してくれるセイちゃんに答えると、彼女はふと言葉を止めた。

――ロートスの花……。メリア、余計に行ってはダメ。あれは私とは正反対の性質を持つものよ。

「正反対……？」

どういうことだろうと首を傾げる私に、セイちゃんは続ける。

――私はね、この世界における濾過装置《ろかそうち》なのよ！

そう言って、セイちゃんは説明してくれた。

セイちゃん曰《いわ》く、生き物の身体の中で生み出された魔力が、その強い思いに反応して発現したもの――それこそが、魔法。

たとえば強い意志を持っていれば、その人の意志に魔力が反応して、各々《おのおの》適性のある属性の魔法が使える。

そして、魔法の源《みなもと》になれる強い思いは、プラスのものだけでなく、マイナスのものも含まれる。

魔法を使うと、出された魔力は空気中に漂《ただよ》う。

その強い悲しみや憎《にく》しみに満たされた空気中の魔力が固まったのが、魔物。

でも、そればかりでは、この世界は魔物だらけになってしまう。

そこで登場するのが、セイちゃん。

普通の草花が光合成して、二酸化酸素と水から炭水化物と酸素を作るように、彼女は強い感情に侵《おか》された魔力を吸い込み、人々の思いを癒《いや》して、純粋な魔力に変換して世界に戻している。

そして綺麗にされた魔力の一部は、彼女自身の栄養分になる。

そんな彼女と正反対に位置するもの。

それが、ロートスの木なのだという。

ロートスは神様が意図して作ったものではなく、突然現れたもの。

ずっとロートスは花だと思っていたのだけれど、本体は巨大な木で、食虫植物のようなものなのだそうだ。

人の悲しみや苦しみ、憎《にく》しみなどを栄養にして育つ、邪悪な木。

その花の匂いは、人を惑《まど》わせる。

そしてロートス自身が人を操り人形にして、さらに多くの人を集める。

花の匂いに引き寄せられた人々は皆、ロートスの実を食べてしまう。

その実を食べた者は全てを忘れ、ロートスの木を祀《まつ》り敬《うやま》い、命さえも捧《ささ》げるようになる。

そして、ロートスは人々をその身に取り込み、さらに負の感情を多く得て、成長していくのだという。

私はその説明を聞いたあと、ハッと思い出してセイちゃんに尋ねる。

「でも、ラリマーは自分たちの種族が咲かせないようにしたって……」

――確かに、ロートスも一応は植物だから、種を封印して芽を出さないようにすることはできるのよ。でも……例外はあるわ。

「……それが、魔の島？」

私が思いついて呟くと、セイちゃんは頷く。

――そう。あそこは私が吸い取りきれなかった負の魔力を、魔物という形にして排除するための装置のようなもの。魔族がそこを守っているのは、彼らが最も魔力を吸収して強くなれる種だからよ。

「え？　それってどういう――」

だって、それだと前にリクロスから聞いた話と違う気がする。

魔族は人間に魔の島へ追いやられたんじゃ……

私がセイちゃんに質問しようとした時、リクロスが近づいてきた。

「メリア？　どうしたの？」

「リクロス……」

――とりあえず、私は心配よぉ。あそこは危険だもの!!

セイちゃんの叫ぶような声を聞きながら、リクロスに向き合う。

リクロスは不思議そうな顔で、私を見つめた。

「まるで木と話しているようだったけど……この木も聖なる力を感じるし……」

「えっと、その……」

「メリア？」

責めるような視線に耐えきれず、私は口を開く。

「あのね、リクロス……これは、聖霊樹の枝を挿し木《さき》してできた、若い木なの……」

「……はぁ」

リクロスはありえないことを聞いたというようなため息をついて、木を見つめた。

「この木が聖霊樹……？」

「そうよ！」

リクロスが木に触《ふ》れようとした瞬間、妖精のような大きさのセイちゃんが現れた。

彼女は腰に手を当てて、えっへんと威張《いば》っている。

「セ、セイちゃん‼」

私は思わず叫んだ。

セイちゃんはリクロスを品定めするような目で見つめながら、呟く。

「ふーん、あなたが私の娘の彼氏？」

「娘？　メリアが？」

リクロスはセイちゃんの言葉に目を丸くして、彼女を見つめた。

セイちゃんはリクロスにビシッと指を突きつける。

「そうよ。私が決めた、十三人目の私の子ども！」

私はというと、セイちゃんの「彼氏」という言葉に慌《あわ》てふためいた。

でも、すぐにセイちゃんの子どもだと言われたことに嬉しくなって、胸を熱くする。

なんだかいろんな気持ちが混ざり合って、何かが喉《のど》に詰まったように何も言うことができなくなってしまった。

でも、このままではいけない。

「行こう!!」

私はリクロスの背を押して、先を急ごうと促《うなが》した。

「待って！　行かないで」

セイちゃんが止める声が聞こえる。

「……ごめんね」

私はそう言うことしかできないまま、魔の島へ旅立つことになってしまった。

先ほどひっかかったセイちゃんの言葉——魔族が魔の島で魔物を狩る理由を、詳しく聞くことを忘れて。


歩きながらリクロスに聞いたところ、魔の島は北の海にポツンと浮かんでいるそうだ。

海は険《けわ》しく、船での航海はかなり難しいので、リクロスやリュミーさんがこの王国に来る時は、空を飛ぶらしい。

私たちはいつも通りオパールとオニキスの能力で行くつもりだったのだけれど、今回は少々事情が厄介《やっかい》らしい。

いつもなら二匹が座標を探知して連れていってくれるのだけれど、魔の島は神の力の管轄外。

だから座標が認識できず、正確な移動が困難なんだそう。

しかも、魔の島という特殊な環境下では眷属《けんぞく》たちの力はさらに低下する可能性があるらしい。

そこで、眷属《けんぞく》の皆は考えてくれた。

海は水。魔の島は陸、つまりは土。

眷属《けんぞく》たちは自らが司《つかさど》るものであれば、場所の特定がしやすいという。

そこでフローとアンバーが魔の島の場所を特定し、オニキスが私たちの通る場所を確保して、オパールの力で大陸に渡るという、四匹の力を使った移動をすることになった。

魔の島の特定や、慣れない場所への移動はかなり負担がかかるだろうということで、少しでも移動する距離を短くしようという結論になった。

そこで私たちは、まず大陸の北の端にある漁村に向かった。

もちろん、眷属《けんぞく》の皆も一緒だ。

今回は事が事だったからか、ジェードも嫌がらず、黙ってついてきてくれた。

オニキスとオパールの力で漁村にあっという間に着き、私は辺《あた》りを見回す。

私たちの目の前には、広い海が広がっていた。

緊急事態じゃなかったら、海のお魚の一匹や二匹、いや百匹くらい買いたいと思うのだけど、今はそれどころではない。

セイちゃんの言っていたことが確かなら、連れ去られた人たちがロートスの実を食べてしまっていたら、大変なことになるのだから。

フローとアンバーは海のすぐ近くに行くと、波がかからないギリギリの場所で目を閉じて、魔の島を特定しようと集中している。

そんな二匹の様子を見ながら、私は呟く。

「魔の島に行くのはそんなに大変なんだね」

「そうだね。あそこでは強い力を使うことができるけど……魔力を使いすぎると魔に呑まれて、生きながら魔物になってしまうと言われているよ」

リクロスの言葉に、私は目を見開く。

「……!!　そんな！」

「だから僕たちは魔力を極力使わず、自分たちの力を鍛《きた》えて魔物からこの身を守ってきたんだよ」

「そうだったんだ……」

私が言葉を失っていると、リクロスは優しく頭を撫でてくれる。

すると、アンバーが勢いよくこちらを振り返った。

——見つけましたわ。

続いて、フローもコクリと頷く。

それを合図に、オニキスが小さな二匹の影を突《つ》くと、その影がぶわりと広がる。

オパールが広がった影に手を伸ばして、私を見た。

「行こう」

生唾《なまつば》を呑み込んで、私はその影へと潜り込む。

私たちは大陸の誰もが恐れる島、魔の島へと足を踏み入れたのだった。

私が目を開けると、そこは海岸だった。

ここが……魔の島。

「こっちだよ」

慣れたように歩き始めたリクロスを、私は慌《あわ》てて追う。

魔の島は予想とは違って、自然豊かだった。

ただ、エルフの里は山の自然って感じだったけど、こちらは熱帯雨林って感じ。

生き物も派手な色をしていて、触《ふ》れたら危ないって警告しているようだ。

「メリア、足元に気をつけて」

「う、うん」

リクロスに言われて足元を見ると、そこには、小さな蜘蛛《くも》がいた。

よく見ると背中には髑髏《どくろ》模様《もよう》が描かれていて、恐ろしい。

私が思わずぶるりと震えると、リクロスが再び口を開く。

「毒を持っているんだ」

「毒って……！」

私は悲鳴をあげそうになった。

すると、オニキスがちょこちょことこちらにやってきた。

彼は蜘蛛《くも》に興味を持ったようで、揶揄《からか》うように嘴《くちばし》でツンツンと突《つつ》こうとする。

「こら、オニキス、突《つつ》いたらダメ、危ないでしょ!!」

私は慌《あわ》ててオニキスを止める。

それからキョロキョロと辺《あた》りを見回しながら歩き続けると、鮮《あざ》やかな赤色が綺麗な花が咲いているのを見つけた。

草は生《は》えてるけど花はそんなに多くないので、それは一際《ひときわ》目立っている。

「リクロス、あの花とっても綺麗だね！」

そう話しかけると、リクロスはなぜか悲しげな表情をした。

「……あの花も、毒があるんだ。だから、触ってはダメだよ」

「そうなんだ」

魔の島には、気をつけなければいけないものがたくさんあるみたい。

そんなことを考えながら、私はリクロスに問う。

「ところで、今はどこに向かっているの？」

「ああ、とりあえず、僕の生まれた集落に向かっているんだ」

「集落？」

私が聞くと、リクロスは頷いて説明してくれる。

「魔物は魔の島の中央にある沼のような場所から這《は》い出てくるんだけれど、そこから離れたところに、魔族の集落があるんだ」

リクロスが言うには、魔の島は沼を囲むようにドーナツ状になっていて、三つのエリアに分かれているらしい。

一番外側のエリアは、この熱帯雨林のような場所。

危険な動物や植物が多いけど、食べられるものもある。

なので、魔族はこのエリアで、それぞれの集落に分かれて生活しているそうだ。

そのエリアから少し内側に行くと、水も植物もない砂漠になる。

魔物たちが生まれると、まずこの砂漠に出てくるのだけれど、食べ物も飲み物もないから共食いをするそうだ。

そうして減ったところを魔族が倒して、さらに数を減らす。

だいたいの魔物はこの砂漠で魔族たちが倒しているそうで、大陸に出る魔物の大半は、魔族がこの地に移り住む前にすでにいたものらしい。

その魔物が繁殖《はんしょく》して数を増やして、今に至るということ。

そして、最後のエリア。

島の中央が、魔物を生み出す場所。

そこまではリクロスも辿《たど》り着いたことがないそうだ。

だけど、前に別の集落の魔族から、その領域が拡大しているという報告を受けたことがあるという。

私はそこまで聞いて、ふと疑問を覚える。

「集落ってそんなにいくつもあるの？」

「魔族が魔の島に移り住んだ際、砂漠のどこから現れるかわからない魔物を仕留めるために、いくつかのグループに分かれて見張ることにしたそうなんだ。そのうちにそのグループが担当の土地に慣れ親しんで、集落という形に落ち着いたみたいだよ。今では十三の集落があって、各自で決められた縄張りを守っているんだ」

そんな話をしながらどれくらい歩いたのかわからないけれど、フォルジャモン村よりもさらに質素な木の囲いが見えてきた。

リクロスの言う集落の入り口らしい。

「お待ちしておりました」

そう言って私たちを迎えてくれたのは、リュミーさん。

どうやらここで待っていてくれたようだ。

リクロスは、リュミーさんに誘拐犯《ゆうかいはん》と攫《さら》われた人たちを追いかけてもらっていると言っていた。

それなら、かなり危ない橋を渡っていたはず……

私は心配になり、リュミーさんを見つめる。

「リュミーさん、大丈夫でしたか？」

「ええ、メリアさんのこれのおかげで、かなり楽に尾行することができましたよ」

そう言って彼が指したのは、錯覚《さっかく》のブレスレットだった。

これは、以前私がリュミーさんにプレゼントしたアイテムで、身につけた人の姿が他の人からは認識できなくなるというもの。

なるほど、これがあったなら尾行は楽だったはずだ。

私が納得していると、リュミーさんは眉をひそめてリクロスに報告を始める。

「どうやら、ここに連れてくるのに、人々の生死は関係ない様子です」

「それはどういう意味？」

険《けわ》しい顔で聞くリクロスに、リュミーさんは冷静に答える。

「この島に船で来るのは、危険な行為です……何人かは波に攫《さら》われて、海に呑まれてしまいました」

私は、それを聞いて青ざめた。

海に呑まれたということは、その人たちは死んでしまったということだよね……

「助けることは、できませんでした」

私の様子に気づいたのだろう、リュミーさんは少し気まずそうに告げる。

私は無理やり口を開く。

「そ、そうだよね……助けたりしたら、ばれ、バレちゃうし、リュミーさんだって危険だよね」

「ええ、その通りです」

リュミーさんは、そう一言《ひとこと》だけ言った。

皆が無言になり、重たい雰囲気が辺《あた》りを包む。

ああ、私のせいで空気が悪くなってしまった。

どうしよう……

「ここで話すのもなんだから、家へ行こう」

おろおろする私に気を遣ってくれたのか、リクロスが私の背を押す。

私はされるがままに、集落の中を歩き出した。


質素な囲いとは裏腹に、集落にはレンガと木で作られた家が並んでいる。

その中の一軒に、リクロスは勝手知ったる様子で入っていった。

しかも、この集落の中で、一番大きい屋敷……

私が呆然としていると、リュミーさんが入るように促《うなが》す。

扉の中に入った瞬間、リクロスにそっくりな女性が目を輝かせながら私を見た。

「まあ！　まあまあ!!」

「母さん」

その女性は、やっぱりリクロスのお母さんらしい。

彼女は私に詰め寄ろうとして、リクロスに止められた。

「だってー、ここ三百年くらい、リクロスが女の子を連れてきたことなんてなかったじゃない！」

楽しげに言うリクロスのお母さんに、リクロスはため息をつく。

「彼女は大陸の友人だよ」

「大陸！　まあ!!　魔族への偏見を持たずに仲良くしてくれるなんて……!!」

リクロスのお母さんは感激したようにさらに声をあげた。

彼女は興奮した様子のまま、私の手をぎゅっと握る。

「ゆっくりしていってくださいね!!」

私はその勢いに気圧《けお》されて、コクコクと頷いた。

「は、はい……。あの、私、メリアと申します。よろしくお願いします」

「まあ！　うふふ。礼儀正しいのね、嬉しいわぁ〜。私はこの子の母です」

満面の笑みを浮かべる彼女に、私はおずおずと聞く。

「あの、お名前は……」

「母です！」

そうじゃなくて……お名前で呼ばせていただきたいのですが……

「えっと……」

「は・は・です‼」

「お、お母さん」

「はい！」

……にっこり笑顔で押し切られました。

それ以外には返事しないと、顔に書いてあった。怖い。

リクロスは私たちを見て、呆《あき》れたようにため息をついた。

「はぁ……母さん。父さんは？」

「ああ、なんか、砂漠が変だって言って、様子を見に行ったわよ」

それを聞いて、リクロスの顔が一瞬で険《けわ》しくなる。

「砂漠の様子が？」

「ええ。なんでも、今までの倍以上の魔物がこちらに向かってきたそうよ」

「！　そんなに？」

「それに、魔物のせいか病《やまい》のせいかわからないけど、いくつかの集落が連絡ができない状況になっているらしいわ」

リクロスのお母さんの言うことは、私でも非常にまずい状況だとわかる。

私たちは顔を見合わせた。

でも、そんな私たちの様子に気づいていないように、彼女は笑う。

「まあ、もう少ししたら戻ると思うからゆっくりしていってちょうだいね」

お母さんはそう言って、家から出ていってしまった。

まるで、台風のような人だ。

「……魔物の増加と集落の状況。関係、あると思うかい？」

突然訪れた静寂《せいじゃく》の中、リクロスが尋ねる。

私とリュミーさんは確実に黒だと頷いた。

リクロスは俯《うつむ》いてしばし思案したあと、ゆっくりと顔を上げる。

「とりあえず、父さんが帰ってきてから詳しい話を聞こう。憶測や推測で動くのはよくないからね」

「そ、そうだね」

背中に緊張が走った。

私は表情を硬くしながら、首を縦に振る。

そんな私を安心させるように、リクロスは小さく微笑んだ。

「メリアは客間に案内するよ。……牛と羊の眷属《けんぞく》様は外でも大丈夫かな？」

——妾《わらわ》は構わぬ。そもそも、人の家とやらは狭《せも》うて……

——ぼくもそれでいいよぉ～。

セラフィとラリマーがリクロスに是《ぜ》を唱《とな》える。

二匹も、私についてー旦家に入ってくれたんだよね。ミニバージョンになって。

でも、やっぱり小さい姿は嫌いみたい。

私がその旨をリクロスに伝えると、彼は承知したとばかりに頷く。

「じゃあ……」

「リクロス様。眷属《けんぞく》様の案内は私が」

リクロスがセラフィとラリマーの案内をしようとしたら、リュミーさんが自ら名乗り出た。

「そう？　じゃあ、頼むよ」

リクロスはリュミーさんを見送ったあと、私に家の中を案内してくれる。

外観から思ってたよりも、リクロスの家は普通の家だった。

「メリアの部屋は二階だよ」

リクロスにそう言われて、階段を上る。

そして、廊下を歩いていた時。

窓の外に、何かが見えた。

「あれは……？」

「墓標《ぼひょう》だよ」

指を差して聞くと、リクロスの悲しげな声が廊下に響く。

それは大きな岩だった。

何か文字が刻まれているようだけど、よく見えない。

その大きな岩の周りには、熱帯雨林のような森を歩いている時に、毒花だと教えられた花が添えられていた。

リクロスは目を伏《ふ》せて、ゆっくり話し始める。

「最初はね、墓を一人一人別に作ってたんだ。土葬で。……でも、この魔の島の力のせいだろうね、亡くなった者は、アンデッドになってしまった」

「！」

私は目を見開いた。

寂しげに微笑みながら、リクロスは続ける。

「アンデッドは、魔物だ。でも、僕らの仲間でもあった。僕らは襲ってくるアンデッドを燃やして倒し、灰となった彼らを拾い集めて、ああして一つの墓標《ぼひょう》に変えたんだ。それからは、土葬をやめて、死んだ者は燃やして灰にすることにした。そして皆、同じ場所で眠るようになった」

「……あの花は？」

「……弔《とむら》いに、何もないのは寂しいだろう」

ああ。だから、毒の花だと教える時、彼は悲しげな顔をしていたんだ。

私がしばらく黙っていると、リクロスがわざとらしく明るい声をあげる。

「メリアの部屋はこっちだよ」

私は、窓から見えるその墓に深い悲しみを覚えながらも、その場をあとにした。


その日の晩、リクロスのお父さんが帰ってきた。

……かなりの大怪我《おおけが》を負って。

慌《あわ》ててセラフィに傷の手当てを頼んだのでなんとかなったものの、もしかしたら危なかったかもしれない。

リクロスのお父さんは、今は手当てを終えて眠っている。

「父さんは、魔族の中でも頑丈なはずなんだけどな」

リクロスは、横たわるお父さんにしがみつき泣いているお母さんを見つめて、呟く。

確かにリクロスのお父さんは巨漢と呼べるほど身体が大きく、丈夫そうだ。

それだけ、恐ろしい敵だということ？

覚悟していたはずなのに、私の身体はガタガタと震える。

この世界に来て初めて、一人で魔物を倒した時の感触を思い出した。

いつも皆が守ってくれるから、フォルジャモン村ではほとんど争いがなかったから、あの時の怖さを忘れてしまっていた。

……甘く見ていた。

今、これほど傷ついている人がいても、私自身は何もできないんだ。

頭ではわかっていたのに、わかっていなかった。

「メリア、君はもう休んで」

「リクロス」

自分でも気づかないうちに滲《にじ》んでいた涙を拭《ぬぐ》われる。

私はコクリと頷いて、お父さんを癒《いや》してくれているセラフィに抱きつく。

「絶対、助けてね」

そうお願いして、私は部屋を出た。

扉を閉じた瞬間、ポロポロと涙が落ちる。

どうして私は、神様にもっと他のものを願わなかったんだろう。

どんなにすごい武器を作れても、どんなにすごい防具を作れても、守りたいものを守れなきゃ意味がないのに……！
溢《あふ》れる涙を止めることができないまま、私は用意された部屋で横たわった。

窓から日が差し込む。
ああ、もう朝なのか。
布団を出て、ふと部屋に飾られていた鏡を見た。
……ひどい顔。
赤く腫《は》れた目、噛《か》み締《し》めたことで僅《わず》かに血が滲《にじ》んだ唇……
結局、眠ることはできなかった。
――ご主人様……
心配そうにフローが私を見上げる。
フローはここ二年で、最初に会った時よりも大きくなった。
「大丈夫だよ」
私は安心させるように、フローの身体を撫でる。
冷たい鱗《うろこ》が心地よい。

そうしているうちに徐々に元気が出てきて、私はぐっとお腹に力を込めた。

「お父さんたちの様子を見に行こう。いつまでも、うじうじしてられないんだし！」

そうだよ、メリア。

やれることは、まだあるはずじゃない!!

そう自分に言い聞かせて、アイテムボックスから作り置きのスープやパンを取り出す。

多分、リクロスとお母さんはずっと看病して疲れているはずだから、お腹が空《す》いているだろう。

どんな時でも、お腹は空《す》くのだから……。

私はお父さんが寝ている部屋の前でゴクリと唾《つば》を呑み、扉を開けた。

「……おはようございます。朝食、食べましょう？」

思いきってそう言った私の目の前には……ガハハと笑うリクロスのお父さんと、安心した様子で微笑むお母さん。

そして、リクロスの姿があった。

「おぉ！　お前さんがリクロスの彼女か！」

「父さん！　違うって!!」

リクロスはお父さんの言葉を、慌《あわ》てて否定する。

傷だらけだったお父さんの身体は、嘘のように綺麗になっていた。

まるで、昨日のことはなかったように、彼は持ってきたパンやスープをあっという間に平らげる。

そして、私とリクロスを揶揄《からか》うようにガハハと笑った。

え？　もはや回復しすぎじゃない？

私が油の切れたロボットみたいにギギギとセラフィを見ると、スッと目線を逸《そ》らされる。

……まあ、元気になったのはよかったんだけど。

「とはいえ、さすがに死ぬかと思ったぜ」

頭をかきながら笑ってそう言うお父さんの姿にホッとしながらも、リクロスが声をあげた。

「実際死にかけだったんだよ！　何があったのさ」

「知らん」

「は？」

お父さんの短すぎる返事に、リクロスはぽかんと口を開ける。

呆《ほう》けている彼をチラリとみると、リクロスのお父さんは真面目な調子で続けた。

「魔物が普段よりも多かったから、どんどん潰《つぶ》していたんだが……つい奥まで行ってしまってな。そしたら、こうなっていた」

「……何かに遭遇したとかではなく？」

「ああ。本当になぜなのか、俺もわからん」

「そう……」

「もう！　ようやく目を覚ましたのに、そんな話ばかりして！　あなたも！　もう少し休んでちょうだい‼」

　お父さんとリクロスの会話は、お母さんによって打ち切られた。

　そして、リクロスは寝室から追い出される。

　彼の背を追うと、そのまま外へ向かおうとしていた。

　嫌な予感がして、私はリクロスに駆け寄る。

「リクロス、待って！」

「……父さんが傷ついた場所を見に行くだけだよ」

「なら私も……！」

「危ないから、メリアはここにいて。昨日も怖かったんだろう？」

　そう言われて、ぐっと言葉に詰まる。

でも、ここで引き下がるわけにはいかない！

「確かに怖かった。……怖かったけど、それは私が何もできないって実感したからだよ！

それに、お父さんと同じようにリクロスが傷つくなんて、絶対嫌なの。だから、絶対行くからね！　だいたい、今の私は自分を守るってだけなら、鉄壁に近いし!!」

キッとリクロスを睨《にら》みつける。

しばらくそのまま睨《にら》み合いが続いたけど、根負けしたのはリクロスのほうだった。

「あーもう。仕方ないなぁ……」

諦《あきら》めたらしいリクロスに、私はパァッと顔を輝かせる。

「じゃあ！」

「毎回言うけど、絶対に眷属《けんぞく》様から離れないでね！」

「うん!!」

よかった。

これで、リクロスだけに大変な思いをさせなくて済む!!

私は改めて覚悟を決めて、ぐっと拳《こぶし》を握りしめたのだった。

第七章　魔物の生まれる場所

私は歩き続けるリクロスに、黙って眷属《けんぞく》の皆とともについていった。

しばらくすると、リクロスは足を止める。

「ここから行くんだ」

リクロスが指差した場所は、堅固《けんご》に作られた砦《とりで》だった。

扉の両端には塔《とう》のようなものが建っている。

そこから見張り台に上るのだろう。

まさに、魔物と戦うための対策がされている場所なのだと、ひしひしと感じた。

「メリア、これを」

リクロスがローブを私に被《かぶ》せてくれる。

「ここからは砂漠が広がる。日陰も一切ない場所だから、着ておくといい」

「あ、ありがとう」

私はローブをしっかりと羽織《はお》ると、集落の外へ出た。

見渡す限り砂しかない。
砂と空の境界線がくっきりと見える景色は、危険な場所だとわかっているのに美しい。
「こっちだよ」
目印になるものもないのに、リクロスはスタスタと歩いていく。
私はそのあとを追いかける。
どれくらい歩いたのかわからなくなってきた頃、数体の魔物が姿を現した。
私がこの世界で最初に見た魔物と同じ、犬の魔物――ハングリードッグだ。
――主《あるじ》さまには触《ふ》れさせませんわ！
アンバーがダンッと足踏みすると、魔物の下から土の棘《とげ》が出た。
それは犬を串刺《くしざ》しにしたかと思ったら、すぐに砂へと戻る。
長時間、形を保つのが難しかったようだ。
それでも、その攻撃で魔物たちは動かなくなった。
「大丈夫？　メリア」
私がそういう場面を見慣れていないことを知っているからだろう。
リクロスが気を遣ってくれる。
私は小さく首を縦に振った。

「う、うん。平気。アンバー、ありがとうね」

命が奪われる場面を見るのは、やはり慣れない。

震えそうになる手を押さえながら、アンバーにお礼を言った。

でも、どれだけ怖くても、先に進まないといけない。

私は勇気を振《ふ》り絞《しぼ》り、平然を装《よそお》いながら、なるべく魔物の遺体を見ないようにした。

そして、ふと思ってリクロスに尋ねる。

「この遺体はどうするの？」

「普段は持って帰るんだけど……貴重な食料になるし、この魔物なら毛皮とか牙《きば》なんかも使えるからね。ただ、今は先を急ぎたいし、このまま置いておくと血のにおいを嗅《か》いだ魔物がさらに集まるから、燃やすよ」

――なら、わしが燃やしたるわ!!

ルビーくんがそう言った途端、魔物が燃えていく。

魔物はあっという間に燃え尽きて、同時にカランカランと黒い石が落ちてきた。

――魔石《ませき》だ。

それを拾うと、私たちはさらに砂漠の奥へ進む。

……奥、なのだろう。

すでに出発した集落の砦《とりで》は見えなくなっていて、目印になるようなものもない。

どっちに向かって進んでいるのか、私にはわからない。

どうしてリクロスはスタスタと歩いていけるのかが不思議なくらいだ。

やがて、リクロスはぴたりと立ち止まった。

「ここだな、父さんが襲われたのは」

「ここ？」

私には他の場所と変わらないようにしか思えず、首を傾げる。

「父さんの魔力の残滓《ざんし》がある。さっきの道には仲間のものもあったけど、ここにあるのは、父さんと知らない奴の魔力だけだ。残滓《ざんし》はさらに奥……魔の沼に向かう道へ続いている」

「そんなこともわかるの⁉」

「まあね」

リクロスはなんでもないように言うけれど、私は驚いていた。

私の目には、やっぱりただ砂漠が広がっているようにしか見えないけれど、リクロスはその奥を見つめていた。

そして彼はため息をつく。

「一度戻ろう。この奥はさらに魔物が多くなっている危険区域だ。だから、一度戻って作戦を練《ね》ろう」

リクロスは、本当にそう考えているんだろう。

でも、それだけじゃない。

リクロスは私を集落に置いて自分だけで行くつもりだ。

なんとなく、気づいてしまった。

ここまで来ても、私はリクロスにとって非戦闘員であり、守る存在なのだ。

彼は私を危険から遠ざけようとしている。

まあ、非戦闘員であることは確かだし、私自身は攻撃もできないけど！

私はいつもリクロスに庇《かば》われてばかりだ。

けど、私は……

「リクロス。私なら大丈夫だから！　一緒に行かせて!!」

そう言った瞬間、リクロスが目を泳がせる。

「……やだなぁ、メリア。もちろんだよ？　だからこうして一緒に来ているんじゃないか」

「嘘！　戻ったら置いていくつもりなんでしょう？　だって、最初から一人で向かうつもりだったんだもの！　準備してないなんて思えない!!」

私が言いきると、リクロスはこれでもかというほど目を見開く。

「メリア、気づいてたの？」

「当たり前でしょ！」

「なら、危険だということもわかってるはずだ」

私が絶対に引き下がらないことを察したのか、リクロスは説得する。

それでも、私は帰るわけにはいかない！

「わかってるよ!! もう何度も言われてるし、実際、私は戦えないんだもん！ でも、放っておくことなんてできない!!」

「メリア！」

「いやったらいや!!」

リクロスが聞き分けのない子どもを叱《しか》るように声をあげるけれど、私は首を横に振る。

――主《あるじ》さん、言い争っとる場合じゃないで！

ルビーくんの硬い声が、私の頭を冷やしていく。

「え？」

――お出ましや。

お出ましって何が？

私は、ルビーくんの指差すほうを向く。

そこにいたものは、一見、人の影のようだった。

でも、近づくにつれて肉が腐ったようなにおいがする。

そして、ずる、ずるりと引きずるような音と、「あ゛ー」という呻《うめ》き声のようなものが聞こえた。

「っ⁉」

……アンデッドだ。

「メリア、離れて！」

リクロスはそう言った次の瞬間、口の中で呪文を唱《とな》え、手を大きく動かす。

すると魔法が発動され、炎《ほのお》の弾《たま》がアンデッドに当たる。

それは激しく燃え上がりながらも、私たちに近づいてくる。

だが、徐々に炭のように黒くなり、形を失っていった。

青ざめる私を心配するように、リクロスは「ほら」と言う。

「ここからは、こんな敵がわんさか出てくる。それに夜になれば、活性化されて凶暴になるんだ。君には耐えられない」

「い、嫌。リクロスは、そんな恐ろしい場所に、一人で行くつもりなんでしょう？　今以上の敵に囲まれる可能性も、怪我《けが》をする可能性だってある。それなのに、私だけ安全な場所にいろだなんて、お願いだから言わないで。一緒に行かせてっ」

——あーもう、鬱陶《うっとう》しいなぁ!!

私の必死の懇願《こんがん》を遮《さえぎ》ったのは、ジェードだった。

——なんなんだよ。お前ら、いい加減にしろよ。同じことを何度も繰り返して!!

「ジェード」

私が慌《あわ》てて声をかけても、ジェードは知らんぷりで続ける。

——行きたきゃ勝手に行けばいいじゃんか! おいらたちはお前の決定を聞くだけで、そいつのことは知らねぇからな!

ジェードはふんっと鼻を鳴らして座り込んでしまう。

私が戸惑《とまど》っていると、黙って後ろをついてきてくれていたセラフィとラリマーが、優しく語りかけてくる。

——妾《わらわ》の主《あるじ》。其方《そち》は言われたからといって聞くような方かのう?

——ぼくらは~どんな時でも、マスターと一緒にいたいと思うよ~。

「あ、ありがとう。そうだね。うん……」

眷属《けんぞく》たちの声が聞こえないリクロスは困惑した様子だ。

私は、そんな彼と向き合う。

「リクロス。私、集落に行ってもまたここまで来るよ。どんなに危険でもね。勝手にウロウロされるより、大人しく一緒に行くほうがマシじゃない？」

私が力を込めて見つめると、リクロスは唇の端を吊り上げる。

「脅《おど》すの？」

「事実だよ」

「……君は本当に、本当に僕より頑固だ」

リクロスはふっと口元を緩めてそう告げる。

私は思わず笑みを浮かべた。

「じゃあ！」

「もうこれ以上は言わない。行こう」

「うん!!」

眷属《けんぞく》たちを見ると、どことなく「どうしようもないな、こいつら」みたいな空気が漂《ただよ》っている。

申し訳なくなりながらも、リクロスと一緒に行けることに、私はホッとした。

私たちが砂漠を歩き続けていると、徐々に日が傾いてきた。

「夜が来る前に、なるべく進みたい」

リクロスがそう言うので、私たちは大きくなったオニキスの背に乗せてもらい、先へ進むことに。

身体の大きなセラフィやラリマーはオニキスに乗れないから、ジェードの風の力で飛ばしてもらうことになった。

全員、さっきまでよりもずっと早く進むことができた。

そして、今、私たちの目の前に広がっているのは、黒い沼。

どろりとしたヘドロのようなものが蠢《うごめ》いており、その一部が粘土《ねんど》みたいに固まって、陸に這《は》い上がってくる。

その塊《かたまり》が形を作り、猪《いのしし》の姿へと変化した。

リクロスが猪《いのしし》の首を刎《は》ねて、すぐに倒す。

「ここが、魔物が生まれてくる場所なんだね」

私が呆然としながら言うと、リクロスは冷静に頷く。

「うん。でも、僕らが向かうのはさらに先だ」

——この沼には触《ふ》れたらダメだよ？

フローが警戒して首を僅《わず》かに揺らしながら、心配そうな声で言う。

「わかった」

フローに微笑むと、リクロスは再び口を開いた。

「他の集落が機能していないって言ってただろう？　リュミーと僕で、昨日少しだけ行ってみたんだ。その集落で、父さんが襲われたところと同じ、何者かの魔力を感じたよ」

「その集落の人は？」

私が問うと、リクロスは目を伏《ふ》せる。

「……姿を消していた。抵抗した様子もなく、ね」

「そんな……！」

「どこかで聞いた話だと思わないか？」

声をあげる私に、リクロスは淡々と尋ねる。

「……抵抗なく、姿を消していることが？」

「そう」

リクロスは何かを確信している様子だった。

私は頭を巡らせて、一つの答えに行き当たった。

「まさか……」

「メリアも気づいたね。おそらく、他の集落の魔族が消えたのも、攫《さら》われた人たちも、同じところにだと思う。アンデットが現れたことを考えても、早くしないと危険だ」

「でも、この沼に触《ふ》れるのは危ないって……」

躊躇《ためら》う私に、リクロスは硬い表情のまま頷く。

「わかってる。とりあえず沼に沿って歩いてみよう」

「うん」

時々湧《わ》き出る魔物を倒しながら、私たちは歩いた。

沼から霧《きり》が立ち上り、辺《あた》りが白くなって前が見えなくなってくる。

離れないようにとリクロスに近づくと、甘い匂いが漂《ただよ》ってきた。

「リクロス」

「うん。この匂い。ロートスの花だ」

花の対策のために、私とリクロスは薔薇《ばら》に似た花の香水を込めたブレスレットをしてる。

眷属《けんぞく》たちには、花の匂いは効かないらしい。

だから匂いは問題ないのだけれど、視界が悪すぎて進みづらい。

私は、ジェードに声をかける。

「ジェード、この霧《きり》、飛ばせる？」

——誰に聞いてるのさ！

ジェードが答えた瞬間、しゅるるるーーっと目を開けられないほどの激しい風が吹く。
――もういいぞ!!
瞼《まぶた》を開くと、目の前に大きな木が立っていた。
そこには白く淡い光を放つ、存在感のある花が咲いている。
うっすらピンク色の丸いものは蕾《つぼみ》か、それとも実だろうか？
沼から少し陸に出ている尖《とが》った木の根には、人が刺さって……
「あ……」
私は、思わず声を漏らす。
だらんとした手足を見て、その人は死んでいるってわかった。
でも、その表情はどこか幸せそうにも見える。
おかしなことに、血のにおいはしない。
「ふふ、美味《おい》しい？」
『ええ、美味《おい》しいわ』
話しているのは、ローブを身に纏《まと》った男性と、うっすら緑色の少女。
少女は、マイクのエコーがかかったような声をしている。
少女の口元には……血が滴《したた》っていた。

まだこちらには気づいていないみたいで、二人はニコニコと笑っている。
もし、彼らの近くに、虚《うつ》ろな目をした人々がじっと立っていなかったら。
もし、ここが魔物の生まれる場所でなかったら。
まるで幸せそうな兄妹のようだと思ってしまうほど……
私はその不気味すぎる光景に、思わず後退《あとずさ》る。
ジャリッと、砂を踏みしめる音を立てた瞬間、彼らと目が合った。
――その瞬間、私の意識はどこかに飛ばされた。

私の目の前にいるのは、見たことのない青年と、にこやかに笑う少女。
そして、赤子を抱いて手を振る女性。
魔族の家族なのだろうか？　三人とも同じような褐色《かっしょく》の肌で、頭には角《つの》が生《は》えている。
穏やかな団欒《だんらん》の様子に、私まで幸せな気分になる。
そう思った瞬間、砂嵐が巻き起こった。
何も見えない。
私が戸惑《とまど》っていると、叫び声が聞こえる。
何、何が起こったの!?

数分後、ようやく視界が元に戻った時、私は目を丸くした。

辺《あた》り一面が真っ赤に染まり、先ほどまで幸せそうに笑っていた人々が横たわっていたのだ。

女性が、青年が、少女が、赤子が流した血だろうか？

まるで、血でできた池のようだ。

その中で、一人だけ、動く人物がいた。

『××!!　××!!　しっかりしてくれ!!!』

生き残りだろうか？　その青年は必死に声をかける。

彼の腕の中には、先ほどまでにこやかに笑っていた少女の姿があった。

『……にぃさ………』

ゴフッと血を吐き出す少女。

『しっかり！　しっかりしろ!!』

ボロボロと涙をこぼしながら、少女を抱きしめる青年。

しかし、少女は『ごめんね』と言い残し、目を閉じた。

それが、死だと、私にもわかった。

青年は、必死で呼びかける。

少女の名前を、家族の名前を。

そして自分以外は皆、助からなかったと気づいたのだろう。

彼は、絶望の咆哮《ほうこう》をあげた。

青年は声が嗄《か》れても、叫び声をあげ続け、血の涙を流す……

私の目からも、はらはらと涙がこぼれ落ちた。

ふと、少女の亡骸《なきがら》を見ると、蔓《つる》のようなものが巻きついていた。

青年は蔓《つる》を何度も払いのけるが、それでも生《は》えてくる。

ついにそれは、青年が排除するスピードを追い抜き、少女を、家族を呑み込んでいった。

『俺から家族だけではなく、その亡骸《なきがら》まで奪うのか!!』

青年が、喉《のど》が張《は》り裂《さ》けそうな声で叫ぶ。

……無理もない。

彼の目の前には、少女の亡骸《なきがら》を苗床《なえどこ》にした木が生まれたのだから。

木は歓喜の声をあげるかのように、花を咲かせる。

亡骸《なきがら》を取り込んで生まれたとは思えないほど美しい、甘い匂いのする花。

そう、それは……ロートスの花だった。

驚き、目を見開いていると、神様の声が聞こえてくる。

「それが、この木が生まれた経緯だよ」

「これが……？」

私はぼんやりと呟くことしかできない。

どうやら今までの一連の光景は、神様が見せたものらしい。

神様は、少し険《けわ》しい声で話し続ける。

「その家族は、突然発生した強すぎる魔物によって、殺された。そして、ロートスは草を司《つかさど》る神獣によって封印されたけど……ずっと、復活の機会を狙っていた。それに、彼らは目をつけられてしまった。……彼らは幸せだったから。幸せが絶望に変わる瞬間のエネルギーは、ものすごいものだ。それを発芽の栄養にされたんだよ」

「そんな……神様。どうして、どうしてこれを私に見せるの……？」

「うーん？　君に見せたほうがいいと思ってしまったから、かな？　それより、まだ続きがあるよ」

神様に促《うなが》されて、私は再び青年をじっと見つめる。

花の匂いに耐えて唸《うな》りながら、木を燃やそうとする青年。

けれど、その手はピタリと止まった。

――木の真ん中が割れて、先ほどの少女が姿を現したからだ。

ただ一つ違うのは、彼女の身体がうっすら緑色に染まっていたことだけ。

『兄さん』

甘い、エコーのかかった声がする。

ゆったりと微笑む少女の姿を見て、青年は先ほどまでの殺気を抑え、彼女を抱きしめる。

『××！　よかった』

『兄さん。この木は私。私はこの木。ねぇ、お腹が空《す》いたの』

『ああ、ああ。わかった。どうすればいい？』

『ちょうだい。いっぱい、いっぱい、人の血がほしいの』

『わかった。やる。お前が望むのならばいくらでも！』

『嬉しい』

少女のふりをしたロートスの花が、ニンマリと笑う。

……ああ、あの青年も、操られているのか。

あまりに悲しすぎる物語を、私はただ黙って見つめることしかできなかった。


「メリア！」

リクロスの声が聞こえて、ハッと我に返る。

今のは、神様の見せた白昼夢……だったのだろうか？

私はぼんやりとしていた頭を覚醒《かくせい》させて、改めて今の状況を整理する。

目の前にはローブを纏《まと》った男と、全身がうっすら緑色の少女。

その周りには、何も言わずにじっと立っているだけの、虚《うつ》ろな目の人々……

この緑色の少女は、さっきまで神様に見せられていた少女と全く同じ姿だ。

……それなら、あの魔族の青年はどこ？

「あら、鍛冶師《かじし》じゃない。こんなところで何してるの？」

私の姿を捉《とら》えた男性が、わざとらしい裏声で尋ねてくる。

この人は先ほどまで、緑色の少女と普通の口調で話していたはずなのに……突然裏声になったのは、なぜ？

それに、私が鍛冶師《かじし》だと、どうして知っているのだろう？

「んん～？　ああ、そうよねぇ、覚えてないわよねぇ」

私が何も言わないでいると、男性は自身のローブを脱いだ。

筋肉質な身体に似合わないドレス……どこかで見たような……

あ!!

「あの時の、商人!!」

以前貴族の手先として、私と無理やり専属契約しようとしてきた商人だ。

名前は確か――マンソンジュ。

私が目を見開いていると、マンソンジュはにっこりと微笑んだ。

「んまぁ。思い出してくれて嬉しいわぁ」

「でも、どうしてあなたは私の武器を欲していたの……？」

「あらぁ？　こんなところで生活してるのよ？　いい武器を持ちたいと思って何が悪いの？」

マンソンジュの言葉に、私は違和感を覚える。

それに、この緑の少女とはどういう関係なの……？

目線を彷徨《さまよ》わせて少女を見ると、マンソンジュはそれに気づいて、少女を背中に隠す。

少女は私を、冷たい目で笑いながら見ていた。

「ここで生活……でも、あなた、魔族じゃ、ないでしょ……？」

「ああ、そう見えるよなぁ。ほら、見えるか？　俺の角《つの》は、もう妹にやったんだ」

私が問うと、マンソンジュは裏声をやめ、口元に笑みをたたえながら己《おのれ》の髪をかき上げる。

見せつけられたそこには、角《つの》を削りとったような痕《あと》が残っていた。

「妹は一回死んだせいでここから離れられず、人の血を飲まないと生きていけない身体になっちまったんだ。最初は、手近にいた魔族の連中を妹にやったよ。でも、あんまり魔族を殺しすぎると、魔物が溢《あふ》れかえる。だからといって、俺が人を一人一人殺して連れてくるのは、あまりに効率が悪い……」

マンソンジュは、先ほどまでの女性のような喋《しゃべ》り方をやめたまま、語り続ける。

「そしたら、妹が教えてくれたんだ！　この木の花を使えばいいって‼　この花の匂いを使えば、多くの人を一気に操ることができるからな。貴族や王族を操れば、その国の大半の人を意のままにすることも容易《たやす》い。そうやっていくつかの国を転々としながら、妹に血を与えていたんだが……お前の王国のところの人形が失敗したせいで、妹を飢《う》えさせることになっちまった」

誰かに自分の行《おこな》いを聞いてほしかったのか、マンソンジュは気分がよさそうに話した。

私は内心で込み上げる怒《いか》りを抑えて、次の質問を口にする。

「どうして女装を？」

「褐色《かっしょく》の肌を見れば、俺が魔族だと一目でわかっちまう。そうすれば、花で操るにも人に近づくのが難しい。だから、肌の色を誤魔化《ごまか》すために白粉《おしろい》をしたんだが、男が化粧をしたら怪しまれるだろう？　だが、この格好ならば誰も突っ込まない」

つまり、変装のためだけに女性の格好をしてたってこと？

そうは言うけれど……でも、この人のこのドレス……あの少女の服と同じ……

私は、マンソンジュの背にいる少女にチラリと目をやる。

『お兄ちゃん……お腹空《す》いたぁ』

「ああ、今あげるよ」

マンソンジュは少女の声を聞くといっそう虚《うつ》ろな顔になって、私に手を伸ばしてきた。

「させるか!!」

リクロスが私を眷属《けんぞく》たちのほうへ逃して、剣を抜く。

彼を見て、マンソンジュは不敵な笑みを浮かべた。

「お前が、妹のご飯になってくれるのか？」

「ふざけるな。誰がそんなものになるか」

「ああ、邪魔をするなら、相手になるしかないよなぁ!!」

リクロスとマンソンジュの視線が交差する。

リクロスは凍《こお》るような目でマンソンジュを見据《みす》えながら、口を開いた。

「一応自己紹介だけしておこうか。僕は第三集落のリクロス」

リクロスが剣を構える。

マンソンジュはそれを、面白そうに見つめた。

「第三集落のリクロスっていえば……いいところのお家の次期当主様ってわけか。そんな魔族のくせに人を庇《かば》うなんて、お人好《ひとよ》しだな。……俺はもう潰《つい》えた第八集落のマンソンジュだぁ」

マンソンジュが拳《こぶし》を構えると、腕から手の指にかけて真っ黒な獣《けもの》の足のような見た目に変わる。

「妹と一緒にいたら、魔力が増えてなぁあ！　自分の皮膚《ひふ》を魔石化できるようになったんだよぉ!!」

リクロスは勢いをつけて殴りかかってくるマンソンジュの拳《こぶし》を避け、私に声をかけた。

「メリア！　彼は僕がなんとかする！　君は操られた人々を!!」

「それは困るなぁ！　こいつらは俺の妹のご飯なんだから!!」

リクロスの台詞《せりふ》に男が吼《ほ》える。

「早く!!」

「うんっ！」

私はリクロスの言う通り、操られた人々を助けるために近づこうとした。

――その瞬間。

『ねぇ。ダメヨォ？　人様のものをとろうとしたら』

緑色の少女の手が、私の腕を掴んだ。

私は少女を、キッと睨《にら》みつける。

「彼らはあなたのものじゃない！」

『あら、お兄ちゃんが持ってきてくれた、私のご飯だもの。私のものよ』

「ふざけないで！　それに、彼はあなたの兄じゃないでしょう!!　死者の姿を真似ているだけのくせに！」

『えー？　私はお兄ちゃんの妹だよぉ？』

私の手を掴んだまま、くすくすと笑う少女に向かって、ルビーくんが火の弾《たま》を投げる。

『ぎゃっ!!』

咄嗟《とっさ》のことで避けられなかったのだろう。火の弾《たま》は彼女の顔に当たった。

少女は短く叫んで、両手で顔を覆《おお》い隠す。

その間に、私は少女から離れた。

『よくも、よくもっ!!』

火が当たり、焦《こ》げた顔の一部から蔓《つる》が生《は》える。

その蔓《つる》はシュルシュルと動き回り、やがて少女の顔は元の形へと戻った。

『聖霊樹の腰巾着《こしぎんちゃく》のさらに子分の分際で!!　この私に傷をつけるなんて!!』
少女は怒《いか》りを露《あら》わにして、震える声で言う。
それを見て、ルビーくんが私の前へと出た。
――ここはわしらが止めたる!!　主《あるじ》さんは早《はよ》うあっちへ!
「ありがとう、ルビーくん」
『させるかぁーー!!!』
少女が叫ぶと、ロートスの木の根がドリルのように尖《とが》った。
それが操られた人々へ近づこうとする私に向かってくる。
――させないよ!
ザンッ!　ザシュッ!
鋭《するど》い音がしたと思ったら、ジェードの風の刃《やいば》が根を切り落としていた。
「さすが、ジェード!!」
――ふふーん!　もっと褒《ほ》めて!　もっと褒《ほ》めて!!
――それはぁ～あとだよぉ～。
ラリマーが呆《あき》れたように言いながら、ロートスの花を枯らしていく。
『あ゛ぁあぁ!!　わ゛だしの、私の花がぁ!!!』

すると、少女の顔が老婆《ろうば》のようにしわくちゃになる。

それを止めるように彼女の顔から蔓《つる》が生《は》え、また元の顔に戻った。

けれど花がどんどん枯れていくと、また少女の顔はしわくちゃになって……少女は老いと再生を繰り返す。

『何をやってるんだぁ！　私を守れぇ!!』

少女がマンソンジュへ唸《うな》る。

けれど、マンソンジュもリクロスの攻撃でそれどころではないようだ。

すると、じっと立っているだけだった人々の中から、虚《うつ》ろな目をした魔族の青年が一人、自ら少女のもとへと駆けてくる。

少女は大きく口を開くと、尖《とが》った歯で噛《か》みついた。

青年は少女によって致命傷を負っているはずなのに、恍惚《こうこつ》とした表情で彼女に血を吸われている。

そして、パタリと倒れた。

同時に、枯れたはずの花が、再び咲いてしまう。

少女がニンマリと笑う。

『私の栄養分は血と憎《にく》しみ……ここにいる連中全てが、私の栄養だ』

私は、神様に見せられたこのロートスの木の始まりを思い出す。
そういえばあの時も、この少女は血の中から生まれていた。
『そして、私はねぇ、人だけじゃない。魔物も操ることができるのさ‼』
少女が言うと、沼からゴブリンやウルフなどの魔物が大量に現れる。
それらは私を捉《とら》えると、襲いかかってきた。
——させないですわ！
アンバーが土の棘《とげ》で、魔物たちをやっつけてくれる。
でも、ホッとしたのも束《つか》の間《ま》……
——ご主人様……皆、ダメ……
「！」
私の頭に、苦しそうなフローの声が響く。
ハッとしてよく見ると、皆の息が上がっていた。
そうだ。
ここは魔の島で、しかも魔物を生み出す沼のすぐ側《そば》。
負の力が強い場所だから、皆の力の消耗《しょうもう》も激しいって、わかってたのに‼
どうすれば……！

私は不敵な笑みを浮かべる少女と、息を荒くしている皆を見て、立《た》ち竦《すく》むことしかできなかった。

◆◇◆◇◆

激しい斬撃《ざんげき》を受け止めながら、僕——リクロスは、メリアたちに視線を向けた。

メリアたちも、あの木に苦戦しているようだ。

だけど、今は助けることができない。

僕も魔に呑み込まれてしまった彼を止めるだけで精一杯……

「つぐ！」

マンソンジュの拳《こぶし》が顔を掠《かす》める。

なんとかギリギリで攻撃を避けた僕を、彼は笑って見つめた。

「よそ見なんて、よくできるなぁ!!」

「はは……そうだね。確かに危険だっ！」

僕も平然を装《よそお》いながら、剣の柄《つか》を握りしめる。

マンソンジュ……

彼が角《つの》を失っても自我が保てているのは、あの木の支配下にいるからだろうか？

魔族が魔の島という特殊な環境下でおかしくならずに生きられるのは、この角《つの》と肌のおかげだと、僕らは知っている。

角《つの》が負の魔力を拾い上げると同時に、魔物化しないために穢《けが》れを肌から放出する。

この褐色《かっしょく》の肌は、フィルターのような役割を果たしているのだ。

まず角《つの》がないと、空気中から負の魔力だけをキャッチして、体内で仕分けることができない。

魔族にとっては命の境界線とも言える角《つの》を削り、どう見ても魔物にしか見えない少女に与えるなんて、正気ではないだろう。

僕がそう考えながら間合いをとっていると、マンソンジュは再び口を開く。

「それにしても、お前らも馬鹿だ。どうして、どうして、魔物を俺たちだけが倒さなきゃいけないんだ？」

「何？」

突然の話題に、僕は眉をひそめた。

マンソンジュは気にせずに話し続ける。

「毎日毎日、傷ついて、下手《へた》すりゃ死んで。他種族が悠々と暮らしてるのに、どうして俺たちだけがこんな場所で苦しめられなくてはならない？」

それは、僕だって考えたことがある。

実際、憎《にく》らしくも思っていた。

神を恨《うら》みもした。

……彼女に、メリアに会うまでは。

頭の片隅《かたすみ》でそう考えながら、僕はマンソンジュの話を聞く。

「調べた。調べたんだよ。妹があーんなことになった時。それで他の国にいた、王族に仕《つか》えるとかいうエルフに聞いたのさぁ。妹の花で一発だったよぉ」

ガチンと、魔石の腕と剣がぶつかり合う音がする。

攻撃をしながらも会話する余裕があるのは、彼も僕もまだ本気を出していないからだろう。

「ここに来るように仕向けたのは、王族でもただの民でもない。あそこにいる眷属《けんぞく》たちだ‼」

マンソンジュはそう言いながら、僕の腹に蹴りを入れる。

「がっ！」

油断した。

腕にばかり気を取られて、足まで魔石化していたことに気がつかなかった……

なんとか距離をとって態勢を立て直す。

「過去の戦争の際、魔物が溢《あふ》れかえるほどの深い絶望と悲しみが、この世界を包んだ!!　眷族《けんぞく》は人と絆《きずな》を繋《つな》ぎ、世界滅亡を回避するための人身御供《ひとみごくう》に、俺たちを指定したんだ!!」

「それは……」

違う、と言おうとしたけれど、マンソンジュは僕の言葉など聞かない。

「先祖も馬鹿だ。自分たちがその役目を果たそうなんて、快《こころよ》く引き受けて。しかも真実を知った人が魔の島に来ないようにと、昔話まででっちあげて……どんだけお人好《ひとよ》しなんだか!!」

「でも、それは……」

「そもそも、俺たち魔族は、元々魔物を退治するために、神様に生み出された存在らしいぜぇ!?　だから俺たちだけ、この環境下でも生きられた！」

……そんな、まさか。

そう思った瞬間、マンソンジュの拳《こぶし》に吹っ飛ばされる。

「がはっ！」

隙をつかれたせいで、結構ダメージが大きい。

咳《せ》き込みながら立ち上がると、マンソンジュは首を捻《ひね》っている。

「にしても、頑丈だなぁ。内臓破裂してもおかしくないはずだが……？」

確かに、本当なら動けてすらいないだろう。

けれど、僕の服の下には、メリアがくれたペンダントがある。

前に彼女が僕の身を案じ、作ってくれた、癒《いや》しのアメシストのペンダント。

怪我《けが》を癒《いや》し続けてくれるこれを、ずっと肌身離さずつけていた。

そのおかげで、今も立つことができる。

「お前が不幸だからって、彼らを攫《さら》っていい理由にはならない」

僕がそう吐き捨てると、マンソンジュは鼻で笑う。

「はっ！　妻も、子も殺された‼　残ったのは妹だけ‼　その妹が求めるものを与えて、何が悪いっ！」

マンソンジュの攻撃に耐えきれず、剣がミシミシと嫌な音を立てる。

まずいと思い、距離をとろうとした瞬間、パキンと剣が折れた。

そして、黒い拳《こぶし》が目の前に迫り――

◆◇◆◇◆

——ザシュッ！
目の前が赤に染まる。
「あがぁっ!!　小娘がぁ!!!」
腕を切断されて、マンソンジュが唸《うな》る。
彼の腕を斬ったのは……間違いなく、私だ。
ロートスの少女と相対している時、フローが告げたのだ。
——リクロスの剣が、悲鳴をあげてる。
目の前の敵も倒せていない。
皆も、疲労している状態だ。
助けになんていけない。
そうわかってはいても、リクロスが心配で、私は思わず彼を振り向いた。
それは、リクロスの剣が折れる瞬間だった。
考える前に、駆け出していた。

そして、アイテムボックスからフランベルジュを取り出して、振り下ろしていた。
自分が斬ったという感触は、確かにあった。
でも、不思議とハングリードッグの時よりも恐怖はない。
ただ、ガタガタと震え、剣の柄《つか》から手を離せないだけだ。
でも、リクロスにこの剣を渡さないと。
その思いだけで、なんとか口を開く。
「リクロス、これ……使って……」
「……うん。メリア、ありがとう」
私の手にリクロスが触《ふ》れた途端、なぜだか一気に力が抜けて、剣がすっぽりと抜ける。
よかった。リクロスに剣を渡せた。
リクロスは私の剣を握りしめると、再びマンソンジュに対峙《たいじ》した。
「うぐっ、ぐぐぐ……!!」
マンソンジュは怪我《けが》をした腕を沼に浸《つ》ける。
じゅうーーっという、まるで酸に溶けるような音がした。
彼は唸《うな》りながら、ゆっくりと腕を引き上げる。
すると、斬ったはずの腕が生《は》えていた。

　でも、その腕は人のそれではない。

　先ほどの拳《こぶし》よりもさらに歪《いびつ》な、棍棒《こんぼう》のような形へと変化していた。

「痛かったなぁ。でも、さっきよりもいい腕が手に入った」

　楽しげに言うマンソンジュを、リクロスが険《けわ》しい顔で見つめる。

「その腕が、かい？」

「ああ、そうさ！　いい腕だろう？」

　ガゴンッと音を立て、リクロスの剣とマンソンジュの腕がぶつかり合う。

　……欠けたのは、マンソンジュの腕のほうだった。

「馬鹿な！」

　マンソンジュは瞠目《どうもく》しながら、己《おのれ》の腕を見つめる。

　リクロスは唇を吊り上げた。

「メリアが作った剣だ。甘く見ないほうがいいよ」

「はっ！　この小娘の武器か。気に入らない」

　先ほどまで私なんて眼中にない様子だったのに、彼はリクロスの言葉で、標的を私に変えた。

「おらぁっ！」

マンソンジュの棍棒《こんぼう》のような腕で、思いっきり吹き飛ばされる。

「メリアっ！」

リクロスの心配そうな声が聞こえた。

痛い。

でも、耐えられる。

ううん、痛くなくなった。

防具の効果ですでに回復したみたい。

多分、物理攻撃の反射の効果で、攻撃は跳ね返っているけど、衝撃を防ぐことを忘れていたせいで吹っ飛んでしまったのだろう。

衝撃緩和もつければよかった。

「大丈夫⁉」

私が無傷で起き上がったのを見て、リクロスはホッと息を吐いた。

しかし、マンソンジュに対しての怒《いか》りからか、その目をすぐに吊り上げる。

けれどリクロスは、すぐに呆気《あっけ》にとられた。

マンソンジュの棍棒《こんぼう》が、すでにボロボロになっていたから。

「物理攻撃を跳ね返す防具をつけてたんだけど……私、本当だったらああなってたんだね」

　つけておいてよかったー。

　安堵《あんど》のため息をつく私を、リクロスは呆《あき》れたように見る。

「冷静に言うけど、本当に危なかったんだよ？」

「そ、そうだよね……」

　それにしても、こちらが攻撃しても、ロートスの花もマンソンジュも、沼の力ですぐに回復してしまう。

　逆に私たちは力を消耗《しょうもう》していっている……

　どうすれば、どうすれば、この状態を突破《とっぱ》できるんだろう。

　ふと、この島に来る前にセイちゃんが言っていたことを思い出した。

『私はね、この世界における濾過装置《ろかそうち》なのよ』

　もしかしたら……

「リクロス。私、ちょっとここから離れるね！」

「え？　メリア!?」

　私は戸惑《とまど》っているリクロスに背を向けて、ロートスや魔物と戦っている、眷属《けんぞく》の皆のもとへ走る。

「オニキス！　オパール！　ここから家に戻ることってできる!?」

――きついけど、なんとかできるよ。

オパールとオニキスも、頑張る!!

オパールとオニキスの返事を聞いて、私は頷いた。

「皆、待っててね！　すぐ、帰ってくるから!!」

そう言い残して、私は家に戻った。

第八章　神様の降臨

オニキスたちは、私を家の近くの茂みに送ってくれた。

「二匹ともありがとう！」

少しぐったりしている二匹には悪いけど、もう一度行かないといけないんだよね。

でも、今はそれどころじゃない。

「セイちゃんっ!!」

「メリア!!　ああ、よかった。戻ってきたのね!!」

私が庭の若木に駆け寄ると、セイちゃんはすぐに私の声に反応して、姿を見せてくれる。

彼女の目からは涙が溢《あふ》れていた。かなり心配させていたのだろう。

「セイちゃん。聞きたいことがあるの」

私が真剣な顔で切り出すと、セイちゃんは首を傾げる。

「どうしたの？　メリア、怖い顔してるわよ？」

「セイちゃんは、自分のことを濾過装置《ろかそうち》だって言ったよね」

「ええ、そうよ」

セイちゃんが肯定したのを聞いて、希望が生まれた。

私はぎゅっと拳《こぶし》を握りしめながら、さらに尋ねる。

「なら、この木……枝も、魔力を吸い込んで綺麗にしてるの？」

「え？　……あら、本当だわ。こんな風に挿《さ》し木《き》してもらうなんて初めてだったから気づかなかったけど、確かに浄化しているわね」

「!!!」

セイちゃんの返事を聞いて、私は彼女の木を抜こうとする。

すると、セイちゃんは驚いたように声をあげた。

「ちょっと、何をするの!?」

「魔の島に一緒に行ってほしいの。今、私たちはロートスの木と戦ってる。でも、このままだと、皆も、リクロスも倒れてしまうっ!!　セイちゃんは、浄化できるんでしょう!?　なら、一緒に来て！　お願いっ!!」

「メリア……」

根が埋まっているところの土を、手で掘り返す。

そんな私を、セイちゃんは止めた。

「そんなことしなくても、一緒に行くわ。……ちょっといらっしゃい」

セイちゃんがオパールとオニキスを呼び寄せ、そのおでこに触《ふ》れる。

すると、二匹の身体が大きくなった。

オニキスはいつも私を乗せてくれる大きさに。

オパールは、チンパンジーくらいのデカさに。

「私が少し力を与えたの。さあ、行きましょう？」

セイちゃんの言葉を合図に、オニキスがセイちゃんの木の影を拡張する。

そこにオパールが空間の力を働かせて、私たちは再び魔の沼へと向かった。

◆◇◆◇◆

『あらー？　あなたのお姫様は逃亡かしらー？』

「きっとそうだな」

目の前でメリアが消えたことに、キャハハハとロートスの木は笑い、マンソンジュが同意する。

「メリアは待っててと言っていた。絶対に戻ってくるよ」

そうだ。僕はずっと見てきた。

弱くても、悪い者に決して屈《くっ》しなかった彼女を。

怖くても、逃げなかった彼女を。

自分の力ではどうにもできないのに面倒事に首を突っ込む彼女を、愚《おろ》かだとも、馬鹿だとも思っていた。

けれど、彼女は臆病でもまっすぐに、自分にできることを探そうとする子だった。

非力でも、自身の知恵を出《だ》し惜《お》しみせず、他人に与えられる子だった。

だからだろう。いつの間にか、目が離せなくなっていた。

いや、いつの間にかじゃない。

初めて会った時からだ。

僕の姿を見てキラキラと目を輝かせた彼女を、僕は気に入ってしまったんだ。

メリアのことを考えると、自然と頬が緩んだ。

僕は、キッとロートスの木とマンソンジュを見据《みす》える。

「もしメリアが戻ってこなかったとしても、君たちは、絶対に倒すよ。だって僕の美学に反するんだもの」

関わったら最後まですること。

自分の仲間を決して見捨てないこと。
生き様《いきかた》が美しいこと。
それが自分で決めた、僕自身の美学。
魔族であるがゆえに、島で魔物と戦い、朽《く》ちていく覚悟はしていた。
そういう人生の中で自分に定めたそれを、僕はいつだって守ってきたんだ。
大見栄《おおみえ》切って言ったけど、魔力はほとんど残っていない。
ここに残ってともに戦っている眷属《けんぞく》様たちも消耗《しょうもう》してる。
ピンチってやつなのかな?
……そう思った時だった。
時空の歪《ゆが》みの中から、大きな樹とともに、彼女の姿が現れたのは。
「――ああ。やっぱり君はすごいよ」
メリアは僕の期待を裏切らず、戻ってきてくれた。
僕の胸の中には、自分でも言いようのない感動が込み上げた。

◆◇◆◇◆

リクロスも、眷属《けんぞく》たちもボロボロだった。

皆は、戻ってきた私たちを見つめ、ホッとしたように頬を緩ませている。

皆の姿を見て、セイちゃんが声を荒らげた。

「ひっどいなぁ!! 私の娘の家族になった子たちに！ 許さないんだからね!!」

「なんだ、貴様は」

マンソンジュは怪しむように、彼女を……正確には彼女の後ろの樹を見ている。

セイちゃんはマンソンジュを無視して、眷属《けんぞく》たちを見た。

「さあ、土の子、私の力を少し与えましょう。その代わり、私に育《はぐく》む力をちょうだい？」

――もちろんです！

「さあ、水の子よ、今度はあなたの番。幼いゆえに力が小さくて、辛《つら》い思いをしたでしょう」

――うん。

「さあ、植物の子、私を成長させておくれ」

――ぼくの限界まで！ 育て～!!

セイちゃんが、アンバーに、フローに、ラリマーに力を送るようにキスをした。

少しの間煌《きら》めいたあと、彼らの身体は大きくなる。

彼らから土を、水を、そして育《はぐく》む力を得て、聖霊樹の若木が大きくなっていく。

――そこには若木ではなく、立派な聖霊樹が生《は》えていた。

同時に、沼の水位が下がったように見える。

『お兄ちゃん、やめさせて！　やめさせてぇ!!』

ロートスの木の少女が叫ぶ。

その声に反応するように、マンソンジュがセイちゃんに攻撃しようとした。

けれどもその攻撃はリクロスに阻《はば》まれ、セイちゃんを止めることはできない。

『ああー！　お前ら、お前らも行けぇ!!　止めろ、止めろぉ!!』

匂いに囚《とら》われて、ぼんやりとしていた攫《さら》われた人たちが、少女の声で聖霊樹の側《そば》へ寄ろうとする。

――よーし、今だぁ～！！

――己《おのれ》を取り戻すとよい！

ラリマーが聖霊樹の側《そば》に大量の薔薇《ばら》に似た花を咲かせ、セラフィが人々を治癒《ちゆ》する。

先ほどまではロートスの木の支配下にあったから、治療してもまた囚《とら》われる可能性があってできなかったようだけど……今は大丈夫みたい。

虚《うつ》ろだった人々の目が、輝きを取り戻す。

彼らはセラフィの力に包まれて安心したように、その場で眠った。

魔の沼が、どんどん小さくなっていく。

『力が、私の、力……』

少女が呻《うめ》き声をあげるたびに、沼に埋まっていたロートスの木が姿を現す。

その根が見えて、私は言葉を失った。

その根にはまるで標本のように、白骨だけの遺体が絡まっていたのだ。

パッと見ただけでも、その数は数十に及ぶだろう。

ジェードとルビーくんが仕上げとばかりにロートスの花を燃やし、その枝を切り落としていく。

『ぐ、あぁあああああ!!! 嫌、嫌だぁ!! 助けて、助けて、お兄ちゃ……』

「俺の妹に手を出すなぁ!!!」

マンソンジュは全身を魔石で覆《おお》い、まるでゴーレムのような姿になって攻撃を激しくする。

「もう、やめなさい。あれは、あんたの妹じゃないわ」

そう言ってマンソンジュの前に立ちはだかったのは、セイちゃんだった。

妖精サイズだったはずのセイちゃんは、聖霊樹の成長によって今では元の大きさと変わらなくなっている。

そして、彼女は哀《あわ》れむようにマンソンジュの身体に触《ふ》れる。

すると、彼の身体はまるで灰のように崩れ始めた。

「嫌だ、助けるんだ、妹……俺の、最後の……」

そう呟きを残して、マンソンジュの身体は消え失せる。

最後の最後まで、彼はロートスの木を妹と思い込んで、亡くなっていったんだ……

セイちゃんはそれを切ない眼差《まなざ》しで見守ったあと、視線を鋭《するど》くしてロートスの少女を見る。

「さあて。次はあんたの番よ」

『嫌だ！　私は、ようやく生まれたの！』

「関係ないわ」

『なんで、なんでよぉ⁉　私もあんたも同じ木なのに、どうしてあんただけが優遇されるのよぉ……‼』

「生き様の違いかしらね」

『ああああ‼』

少女は頭を振って、悶《もだ》え苦しむ。

ロートスの木はフローの力で水気を失い、ラリマーの力でどんどん枯れていった。

それと同時に、少女の形をしていたものは、まるでミイラのようになっていく。

最後はルビーくんの炎《ほのお》で燃やされ、少女も消えていった。

燃え尽きたあとには、白骨と一つの種がポツンと落ちていて……

私はそっと、手を合わせた。

マンソンジュとロートスに勝利したあと、しばらく誰も何も言わなかった。

「……ん？　んん？」

その沈黙を破ったのは、セイちゃんの混乱した声。

「どうしたの、セイちゃん」

「う、生まれるわ‼」

「え⁉」

彼女の返事に聖霊樹を見上げると、確かに二つの果実がついている。

「ど、どうなるの⁉」

セイちゃんの子ってことは、神獣が増えるということ!?

私とセイちゃんが慌《あわ》てていると、空が煌《きら》めいた。

そして、天から橋をかけるように虹が現れる。

その虹を、ゆったりと下りてくる人物がいた。

私は警戒するけど、その人にはなぜか初めて会った気がしない。

むしろ、心がやっと会えたと喜んでいる。

水面《みなも》のように煌《きら》めく髪、足元の見えない白いローブ、優しげなその容貌《ようぼう》。

セイちゃんが「神様」と呟いた。

「え!?」

私がびっくりしていると、リクロスとセイちゃん以外の皆は頭を下げている。

その神様らしき人は、穏やかに微笑んだ。

「こうして姿を見せるのは、初めてだね、メリア」

「神様？　本当に……？」

なぜ、突然現れたの？

セイちゃんの子どものこともあり、混乱している私たちに、神様は言う。

「この世界の新しい神獣の誕生を、僕も見守りたくてね」

「ああ、ありがとうございます」

セイちゃんが頷くと、二つの果実の外側に、ヒビが入っていく。

……生まれた。

それが地へ落ちる前に、神様が掬《すく》い上げる。

――ピィー。ピィーー。

「鳳凰《ほうおう》だね」

神様が言う。

生まれた神獣の顔は鶏《にわとり》に似ているけど、尾は長く、孔雀《くじゃく》のようだった。

――ピエーーーー!

対《つい》となる二体は、神様の腕の中から飛び立つと、クルクルと辺《あた》りを回った。

そして落ちていたロートスの種を呑み込み、白骨を突《つつ》く。

すると、そこにあった白骨は消えて、彼岸花《ひがんばな》によく似た花が咲く。

まるで、失った命を慰《なぐさ》めているようだ。

「彼らには、ここで新しい聖霊樹を守ってもらおう」

「はい」

神様の言葉に、嬉しそうにセイちゃんは笑った。

けれど、彼女はすぐに渋《しぶ》い顔をする。
「でも、神様……私、この樹と元の樹、二つを行き来するのは辛《つら》いです！」
「まあ、そうだろうね。……うん、ちょうどいい魂《たましい》がある」
セイちゃんが訴えると神様は頷いて、空を指差した。
そこにいたのは、薄く身体が透《す》けた少女。
もう、何度も見た少女だ。
彼女は、ハラハラと涙を流している。
ロートスの木の化身が騙《かた》った少女の姿に、リクロスは警戒しているようだ。
そんな彼に、私は首を横に振る。
彼女は、多分、本当のマンソンジュの妹……
死んでからも、お兄ちゃんを見守っていたんだね。
神様は空を見上げ、その少女に話しかける。
「君には、この樹の精になってもらうよ」
『そうすれば、兄さんの罪は許される？』
不安げに聞く少女に、神様はにこりと笑った。
「彼の罪は許されるものじゃない。けれど、君がこの地を穏やかに守れば、いつか彼の魂《たましい》は癒《いや》され、天に戻るだろう」

神様の答えを聞いて、泣き続けていた少女は表情を明るくした。

『本当？　本当ね？』

「ああ」

彼女は神様に頷いたあと、セイちゃんと手を合わせる。

すると二人から光の柱が立ち上り、彼女はセイちゃんと似た姿になった。

それと同時に、セイちゃんが消える。

「セイちゃん！」

「大丈夫。彼女は元の身体に帰っただけだ」

驚いて声をあげた私に、神様はそう言って微笑んだ。

辺《あた》りを舞っていた鳳凰《ほうおう》は、新しい聖霊樹の精となった少女の両肩で羽を休める。

そして、甘えるようにクルルーーと首を押しつけた。

『これからよろしくね』

少女は小さな声で、二体の鳳凰《ほうおう》に囁《ささや》いた。

第九章　魔族への意識革命

新しい聖霊樹とその精。

それを守る一対《いっつい》の鳳凰《ほうおう》。

神様はそれを見守っていたけど、突然くるりとこちらを振り向く。

そして、笑顔で私をぎゅーーっと抱きしめた。

「会いたかったよ、メリア！」

ああ、さっきまでの神々《こうごう》しさはどこへ？

いや、元からこういう感じの神様だった気もする。

私は内心で苦笑いしながら、神様の抱擁《ほうよう》を受け止める。

「君たちも、よく頑張ったね」

私を抱きしめながら、神様はそう言った。

私の顔は神様の胸に埋《うず》められているので、何が起きているのか見えないけれど……多分、眷属《けんぞく》の皆に声をかけているのだろう。

皆がそれぞれ、神様と話しているみたい。

あのジェードですら、照れている感じの声が聞こえてくる。

皆が一通り話し終えたタイミングを見計らって、私は神様の腕の中で尋ねる。

「ねえ、神様」

「ん？」

神様は私をようやく離して、先を促《うなが》した。

私は神様の顔を見つめながら、ゆっくりと話す。

「沼が小さくなったということは、魔物は少なくなるの？」

「そうなるね。おそらく、今よりはどんどん減っていくだろう」

神様は穏やかな表情のまま、淡々と言う。

今まで人々は、魔物に苦しめられてきた。

私がリクロスや皆を助けたくてやったことが、結果的に魔物の数を減らすことになった。

それは、偶然だ。

でも、神様は、聖霊樹が魔の沼に対抗できることを知っていたはず。

それなら……

「どうして、今までそうしなかったの？」

「それは、僕も、あの子……聖霊樹の精も、聖霊樹は世界に一つだけという常識に囚《とら》われていたんだ。君は、僕たちにすら思いつかないことをやってのけて、世界を変えたんだよ。でも、聖霊樹を増やしすぎることはできない。浄化の力が強すぎると、それはそれで世界のバランスが崩れてしまうからね」

神様の言うことはわかる。

でも、私の脳裏《のうり》には、魔物のせいで苦しんできた人々……マンソンジュや、リクロスの顔が浮かんだ。

「……魔物を全て消すことはできないの？」

「確かに魔物は脅威《きょうい》である時もある。でもね、彼らは君たちの鏡。妬《ねた》みや憎《にく》しみ……そういう負の感情に囚《とら》われず、幸せであろうとすれば、自然とこの沼も消える。君たちの心がけ一つなんだ」

「うん」

「それに、悪いことばかりではない。魔物の素材は、君たちの生活を豊かにしている面もある。だから、僕の力で無理やり消すことはしないよ」

私は素直に頷いた。

そんな私を見て、神様はにっこりと笑う。

「さあ、僕はそろそろ行かないと」

「また会える？」

寂しくなって問うと、神様は困ったように眉尻を下げた。

「んー……夢の中で、ね」

そう言うと、神様は私の額《ひたい》にキスをした。

そして、虹とともにスゥッと消える。

私はその光景に、しばし見惚《みと》れた。

それからリクロスを見ると、彼はなぜかムッとしている。

どうしたのだろう？

私が首を傾げていると、リクロスはそっぽを向きながら言う。

「……メリア。操られた人々を早く王国に運ぼう」

そうだ！　攫《さら》われた人たちが、セラフィの力で眠ったままだ！

そういうことで、私は神様との対面の余韻《よいん》に浸《ひた》ることなく、フリューゲル王国へ向かうことになった。

眠った人々たちをまとめて、オニキスとオパールの力で移動させる。

セイちゃんのおかげでパワーアップしたオニキスとオパールの力はすごい。

普段もあっという間に移動できていた気がするけど、さらに一瞬で王城内の私が滞在していた部屋まで辿《たど》り着いた。

城の中では、突然多勢の人が現れたことで騒動になったけど、そこは許してほしい。

城に着いてしばらくすると、眠っていた人々は目を覚ました。

ロートスの花の毒はセラフィの力で取《と》り除《のぞ》かれていたけれど、彼らは念のために国の医師たちに身体の具合を調べられた。

その結果、全員攫《さら》われていた間の記憶がなく、栄養失調になっていたものの、大きな問題はないとわかった。

一安心だ。

そうそう、急いでいたから、リクロスは幻惑《げんわく》のピアスの力を使わないで城内に入っていたんだよね。

もしかしたら、城の皆は怖がるんじゃないかと思っていたんだけど……誰もリクロスに怯《おび》えることはなかった。

それどころか、リクロスに人々の容態を尋ねては、感謝の言葉を伝えていた。

ここにいるのは、私と眷属《けんぞく》の皆のことを知っている、王様が選んだ信頼の置ける人たち。

だから、リクロスが事件を解決するために協力してくれることを、王様に伝えられていたのだと思う。

それでも、異質とされていたリクロスを、彼らはごく自然に受け入れている。

この場の雰囲気は、ひどく心地よかった。

「なんだか、信じられないな」

「そうだね」

リクロスは照れているような、嬉しそうな、でも信じられないと驚いているような……

そんな複雑な顔をしている。

人から怖がられず、むしろ感謝されることに慣れていないせいだろう。

私はなんとなく微笑ましい気持ちになって、彼を見つめた。

私がこの世界でリクロスに出会った、あの日……彼が村に姿を現した時の大騒動が嘘のよう……

また一人、城の使用人がリクロスに礼を言いに来る。

この光景が、ずっと続けばいいのに。

恥ずかしげに彼女に応えるリクロスを見て、私はそう思った。

そして、眷属《けんぞく》の皆へと視線を向ける。

そこには、いつもの小さなサイズに戻った皆が、各々《おのおの》のんびり寛《くつろ》いでいた。

セイちゃんの力で大きくなっていた皆は、フリューゲル王国に辿《たど》り着いた途端、ボンッと元の姿に戻ったのだ。

どうやらセイちゃんが与えた力は、一時的なものだったらしい。

大きい姿もいいけど、家のことを考えると、やっぱり小さくて可愛いままの姿でいてほしいかな。

私はそう思いながら、にこにこと皆を見守ったのだった。

ロートスの木との戦いを終え、私たちが王城に戻って五日後。

私とリクロスは王様に呼び出された。

本当はもっと早く話を聞きたかったのだと思うけど、私たちにも休息が必要だと、待っていてくれたらしい。

まあ、王様は攫《さら》われた人たちの身元確認とかもしなきゃいけなかっただろうから、時間を置いたのはちょうどよかったのかもしれないけどね。

私たちが謁見《えっけん》の間《ま》に行くと、王様は玉座でどっしりと待ち構えていた。

リクロスが、一連の出来事を王様に説明する。

「――というわけで、もうあの花に悩まされることはないよ」

リクロスが報告をそう締《し》めくくると、王様は鷹揚《おうよう》に頷いた。

「そうか。リクロス。……いや、リクロス殿」

そう言うと王様は玉座から下りて、リクロスに頭を下げる。

「今まで多くの魔物に立ち向かってもらい、本当に感謝している。本来ならば、魔族全員に頭を下げたいところだが、今日は全国民の代わりに貴殿に礼を言わせてくれ。今まで、魔物の脅威《きょうい》から我々を守ってくれてありがとうと」

「いや」

リクロスは目を伏《ふ》せて、小さく首を横に振った。

王様は、次に私を見る。

「そして、メリア。君と眷属《けんぞく》様方にも感謝を。おかげで我が国は、今回の事件では最小限の被害で済むことができた」

「はい、本当によかったです」

私が微笑むと、王様も嬉しそうに目尻を下げた。

そして、再び口を開く。

「そして……リクロス殿、メリア。君たちにもう一つ、頼みがある」

なんだろう？　と私とリクロスは首を傾げる。

すると、王様は衝撃的な台詞《せりふ》を言い放った。

「これから、王城のバルコニーで、国民に今回あったことを伝えるための集会を開く。そこで、私は国民の魔族に対する認識を改めたいと思っている。その集会に、君たちも参加してほしい」

「え、い、今ーーー!?」

「ああ、そうだ」

思わず、私は叫ぶ。

驚きを隠しきれない私に、王様は平然と返した。

「なんで、急に？　普通、もっと時間をかけるものじゃないの？」

「逃げられたら困る！」

私の問いに、王様はキッパリ言った。

言い合う私と王様を見て、リクロスは呆《あき》れたようにため息をつく。

「僕はいいけど、メリアはダメ。彼女を出すなら、僕はそれを阻止するよ？」

「ああ、それなら問題ない。元々そのつもりだ。メリアにはこっそり見てもらうだけだよ」

王様は先ほどまで私と話していたことなんてなかったように、そう答えた。

そしてポンッと身体の向きを変えて、リクロスと打ち合わせを始める。

……でも、どうして私はダメなんだろう？

そう思っていると、フローが私の腕から顔を上げて、疑問に答えてくれた。

――村で平和に暮らしてほしいんだよ。

「え？」

――国民の前に出たら、人が来ちゃう。いい人も悪い人も。彼も、あの人も、ご主人様のことを考えてくれる、いい人だね。

「あぁ、そっか……」

私は転生者で、眷属《けんぞく》の皆と一緒にいられて、チートな鍛冶《かじ》スキルを持っている、この世界では異質な存在。

それが人目について私が利用されないように、皆が守ってくれている。

だから、リクロスも王様も、私を隠そうとしてくれるんだ。

この世界で出会う人たちはいい人が多い。

前世の世界とは、大違いだ。

思わず嬉しくなって、頬が緩む。

ふと、王様と打ち合わせをするリクロスと目が合った。

彼は私を見て、優しく目を細める。
ドキンと、胸が高鳴った。
私がどうにも落ち着かずにいると、一人の役人が王様のもとにやってくる。
どうやら、国民が集まったらしい。
その報《しら》せを受けて、王様とリクロスがバルコニーに向かう。
私はそれを、バルコニーに続く部屋から、こっそり聞くことにした。
集会は王様の挨拶《あいさつ》から始まり、この国にたくさんの行方不明者《ゆくえふめいしゃ》が出た話になる。
そして、その事件解決の立役者《たてやくしゃ》として、リクロスが国民の前に姿を現した。
途端に聞こえてくる、絶叫と罵声《ばせい》。
聞いているだけで、ひどいものだと感じる。
けれども、王様は動揺することなく、堂々と口を開く。
「……魔族は英雄である」
王様はキッパリと言いきった。
それでも、国民の罵声《ばせい》はやまない。
そんな中で、王様は続けた。
魔族は他の種族のために魔の島で魔物の間引きをし、世界をずっと守ってくれていたと。
そして、眷属《けんぞく》たちとともに行方不明者《ゆくえふめいしゃ》を助けたと。
王様の言葉に、さっきまで憤怒《ふんぬ》に満ちていた国民の声が、困惑に変わる。
これまでの常識が覆《くつがえ》るのだ、当然だろう。
彼らは、魔族は他種族の敵だと思って、これまで暮らしてきたのだから。
「なんだ、あれは⁉」
その時、国民の数人が空を指差し、驚いたような声をあげた。
え？
私も不思議に思って、少しだけバルコニーに繋《つな》がる扉を開ける。
するとそこには、大きくなって空を飛んでいるオニキスと、ジェードの姿が。
あの子たち、何やってんの⁉
――ここまでおーいで！
――それ、ご主人の！　ご主人の‼　とっちゃダメー‼
よくよく見ると、ジェードは私の赤いリボンを咥《くわ》えているみたい……
それをオニキスが窘《たしな》めながら追いかけてる。
え、ジェード……この大事なタイミングでオニキスを揶揄《からか》って遊んでる⁉

どうしよう……と私が動揺していると、誰かが叫ぶ。

「あんな大きな鶏《にわとり》も、空を飛ぶ虎《とら》も、見たことがないぞ……！」

「あれは……もしや、神獣の眷属《けんぞく》様じゃないか!?」

「きっとそうだ！　言い伝えにある姿と同じだ！」

「眷属《けんぞく》様が、魔族を歓迎しているのか……！」

予想外にも、オニキスとジェードが遊んでいる光景は、眷属《けんぞく》たちが魔族を認めているように見えたらしい。

去っていく二匹の姿に人々は沸き立ち、歓声をあげ始めた。

「陛下ばんざーい！　魔族、ばんざーい！！」

「ありがとう!!」

さっきとは打って変わって明るい声をあげる国民に、王様は手を振って礼を言う。

なんでだろう。

私も嬉しくなってきちゃう……

いい集会だったなあと私が部屋で休んでいると、演説を終えた王様とリクロスが、私のもとにやってきた。

「王様もリクロスも、お疲れ様です！　無事に終わって、私も安心しました！　今日はゆっくり眠れそう」

私はにこにこしながら、二人にそう伝える。

これで、やっと事件が一段落かな……と、ホッとしたのも束《つか》の間《ま》。

王様はまた、衝撃発言をする。

「メリア、休むにはまだ早いぞ？　君にも今日の夜、パーティーについてきてもらう」

「ぱ、パーティー……？」

何それと、私は呆然と二人を見つめる。

すると、王様にリクロスが目尻を緩めて、口を開いた。

「僕が、王様に頼んだんだ。パーティーで僕のことを紹介してくれるそうなんだけど、パートナーは君がいいってね」

私の許可もとらずに、勝手に話を進めないでください！

私はおろおろすることしかできない。

王様が真面目な表情で言う。

「今日の集会は成功したが、まだ魔族への偏見がなくなったわけではない。もっと多くの国民に、魔族は英雄であると知ってもらいたい。そのためには、まず私が彼と親しい姿を見せる必要がある。そうすれば、社交の場でそれを見た貴族たちが、元来の考え方を改め始めるだろう。そして、貴族が魔族への偏見をなくせば、次第に領民もそうなっていく。下の者は、自《おの》ずと上の者に倣《なら》うものだからな」

王様はそこで一度言葉を区切り、私をじっと見つめた。

「メリア、君にもリクロス殿の隣で、それを手伝ってほしい。いいね？」

そう言われてしまうと、私には断るという選択ができなくなる。

私は戸惑《とまど》いつつも、首を縦に振ったのだった。


……というわけで、その日の夜、私はパーティーへと連れ出された。

鉄は熱いうちに打てというし、確かに国民がリクロスに興味を持っている今が、意識を変えるのにピッタリなんだろうけど……

あまりにも慣れない場に、私はそわそわしてしまう。

どうすればいいかわからず、遠くにいるリクロスへと視線をやる。

落ち着いた様子でスーツを身に纏《まと》うリクロスは、かっこいい。

その服は彼のために作られたのかと思うほど、よく似合っている。

彼は今、王様の隣でたくさんの人と談笑している。

かたや私はというと、一人ぽつんと壁の花だ。

リクロスのスーツに合わせた、プリンセスドレス。

首元に煌《きら》めくのは、大きな宝石が嵌《は》め込まれたチョーカー。

髪も綺麗にセットされている。

自分で言うのもなんだけど、似合っていると思う。

……なのに、皆、私に見向きもしない！

そもそも、パートナーとして側《そば》にいてほしいって言ったのは、リクロスのほうなんだけどなぁ。

はぁと、少しため息が出る。

「パーティーは久しぶりだから」と言っていたエレナさんも、「フォローしますわ！」と言ってくれていたアンジェリカ様も、忙しそうに貴族たちと話をしているし。

……もう、部屋に戻ろうかな。

そう思った、その時。

「初めまして、レディ。あまり見ない顔ですが、パーティーは初めてですか？」

全く知らない男性から話しかけられた。

つまらなそうにしているのが、バレてしまったのかな？

その人は、勝手に自己紹介を始め、どんどん自分の素晴らしい点を語っているんだけど……どうしたらいいんだろ？

私が悩んでいる間に、会場で演奏されていた曲が終わる。

そして、別の曲が奏《かな》でられ始めた。

「おぉ、ちょうどいい。一曲いかがかな？」

その人は、そう言って私を誘ってくる。

どうやらダンスが始まるみたいだ。

でも、マナーとかルールとか、わかんないし……

私は目を伏《ふ》せて、首を横に振る。

「すみません、私……踊れないので」

「なっ！　この私が誘っているのに、無下にするつもりですか⁉」

うわ、プライドを傷つけてしまったようだ。

声を荒らげる男性に、どう対応しようか悩んでいると、頭の上から聞き慣れた声が降ってくる。

「失礼。僕のパートナーが何か？」

「り、リクロス」

男性と私の間にサッと割って入ってくれたのは、リクロスだった。

「お、お前は魔族の……！　いや、お一人で寂しそうでしたので、声をかけただけですが、ぱ、パートナーがおられたなら、断られても仕方ないですね。それでは、失礼」

王様の後ろ盾があるリクロスに表立って文句を言うのはよくないと思ったのか、男性はあっさりと引き下がってくれた。

私が安堵《あんど》していると、リクロスは申し訳なさそうな表情でこちらを見た。

「ごめんね、メリア。一人にして」

「ううん、ありがとう。リクロス」

リクロスが断ってくれてよかった。

私はホッとして、彼に笑いかける。

「メリア、ちょっとだけ抜け出そうか」

「え？」

「王様には許可、もらっておいたから。こっち」

リクロスはそう言って、困惑する私の手を引く。

連れていかれたのは、メインホールから少しだけ離れたテラスだった。

彼が立ち止まったタイミングを見計らって、私は尋ねる。

「リクロス、よかったの？」

「何が？」

「せっかくいろんな人と話して、魔族の誤解を解くことができたのに、抜けてきちゃって……」

私の言葉に、リクロスは寂しげに笑う。

「いいんだ。彼らは王様に言われて、ただ僕を受け入れているフリをしているに過ぎない。話してて、ずっとそれを感じていたから」

そう言う彼に、私はなんて言葉をかけていいのか、わからなかった。

「……でも、長年凝《こ》り固まった意識が、たった一夜でなんとかなるわけないからね。これからわかってもらえればいいと思ってる」

けれど、リクロスは意外にも明るい声で、前向きなことを言う。

そんな彼を見て、私も笑みをこぼした。

「そうだね。きっとできるよ。いつか、魔族が歩いていても普通に受け入れられる世界が……」

「うん」

リクロスは頷いたあと、顔を俯《うつむ》けた。

そして、ぽつりと呟く。

「……マンソンジュと戦っている時、彼は僕に言ったんだ。魔族は、魔物を狩るためだけに神様に作られたんだって」

「え……」

私は、思わず目を見開いた。

この間会った、神様の顔が頭に浮かぶ。

神様は、いつも私に優しい。

だから、そんなひどいことはしないと思った。

でも、神様は世界のバランスをとることを最優先にしている。

それなら、神様がそういうことをしてもおかしくない……

私が言葉を失っている中、リクロスは話を続ける。

「マンソンジュは、魔族が魔物を倒さなければならなかったことを、そうさせた人々を、ひどく憎《にく》んでいた。それなのに、僕たちはその役目のためだけに生み出されていた……。それが事実であれば、とても皮肉だろう？　最初から排除される運命だったから、彼は自分の大切なものだけは、守りたかったんだろう……ちょっとだけ、僕にもその気持ちがわかるんだ」

私は、やっぱり何も答えられない。

そんな私に、リクロスは悲しげな微笑みを浮かべる。

「聖霊樹によって魔の沼から魔物が生まれなくなった今、僕たちが今までしてきたことに意味はあったんだろうか、そして、今から存在する意味はあるんだろうか……そう、考えてしまうよ」

リクロスの言葉を聞いて、お腹の底から大きな気持ちが湧《わ》き上がってくるのを感じる。

その勢いのままに、私は口を開いた。

「リクロスが今までしてきたことに、意味はあった！　リクロスたちが頑張ってきてくれたからこそ、今の世界があるんだよ。神様が与えた生きる意味がなくなってしまったなら……これからは自分で見つければいい！　リクロスがここにいることに、意味があるんだよ！」

リクロスはぽかんと口を開けて、そして満面の笑みを浮かべた。

「……やっぱり、メリアはすごいね」

私たちの間に、沈黙が流れる。

メインホールから漏れ聞こえる演奏が、ワルツのようなゆったりとした曲に変わった。

「……戻ろうか。あんまり主役を私が独り占めしちゃったら悪いし」

私は熱くなった頬を誤魔化《ごまか》すように、リクロスにそう声をかける。

そして、チラリと彼の顔を見上げた。

やっぱり変わらずかっこいい。

さっきまであんなに遠い人みたいに思えたリクロスが、わざわざ時間を割《さ》いてくれた。

私に気を遣って二人の時間を作ってくれたんだと思うと、嬉しくなる。

もう少し一緒にいたいなと思うけれど……それは迷惑だよね。

そう思って、リクロスの背中を押したのだけど……気がついたら、私はリクロスの腕の中にいた。

「ねぇ、メリア」

「な、何?」

耳元で囁《ささや》かれて、私の声は裏返る。

リクロスはくすくすと笑い声を漏らしたあと、私に提案した。

「少し踊ろうか」

「え？　私、踊れないよ!?」

「大丈夫。ここなら誰も見ていないから！」

腰に手を添えられ、片手を握られ、クルクルと回る。

リクロスが本当に楽しそうに笑いながら踊るから、私も楽しくなってきた。

音楽がまた変わる。

それと同時に、リクロスは私からすっと離れた。

消えていく温《ぬく》もりに寂しさを覚えるけど、これで終わりにしないと。

そう思ったのに……リクロスは私を再び強く抱きしめた。

「ねぇ、メリア。君が好きだよ」

……ん？

「いつか、僕のお嫁さんになってね」

え！　ええ⁉

突然告げられた言葉の意味を理解した瞬間、顔が一気に熱くなる。混乱する私に追い討ちをかけるように、リクロスは私の頬へ軽くリップ音を立ててキスをする。

そしてそのまま、一人で去っていった。

「う、嘘でしょ……？」

前の世界で社畜として働いていた年月、プラス現在。

……生まれて初めて、告白された。

私はキスされた頬を押さえ、呆然と立ち尽くす他なかった。

パーティーが終わって三日後。

私たちは家に帰るために王様たちに挨拶《あいさつ》をしに行った。

頭を下げる私に、王様は言う。

「君たちの報告が確かならば、魔物は今後減少するだろう。そうなれば、武器や防具は売れなくなるんじゃないのか？　鍛冶屋《かじや》としては、どうなんだ？」

私は微笑みながら、首を横に振った。

「いいんです。争いがなくなって武器や防具の売り上げが減るのは、喜ばしいことですから」

「そうか。それに、すぐに、減るわけでもないしな」

「ええ」

躊躇《ためら》いなくキッパリと言いきった私に、王様は小さく苦笑する。

「だが、せっかくの腕がもったいないな……」

「そんなことないですよ。包丁に、鍋。この腕で作れるものはたくさんあります」

「ふむ……そういうのも、また、鍛冶師《かじし》の仕事、か」

「はい！」

私が大きく頷くと、王様も満面の笑みを浮かべてくれた。

「じゃあ、帰ろうか」

私はエレナさんとエレナさんの旦那様、そしてマルクさんが集まったのを確認して、オニキスとオパールに空間を開くように頼む。

エレナさんは、行きよりも帰りの荷物のほうが多くなっている。どういうことなの……？

そのせいか、マルクさんは疲れた様子だ。

リクロスは、もう少し王都に残るらしい。

魔族が無害だと、国民たちにアピールするためなんだって。

……ちなみに告白の返事は、保留にしている。

私も、好きだ、とは思う。

けれど、これが本当に恋愛の好きなのか、家族のような好きなのか、わからないから。

次に会う時には、その答えは出せるだろう。

私はここ数日間の王都での出来事に思いを馳《は》せながら、皆とフォルジャモン村へ帰った。

マルクさんたちと別れたあと、少し歩く。

そして扉を開けて、我が家の中に入った。

なんとなく懐かしい匂いに、ああ、帰ってきたんだと心が緩む。

「ただいま!!」

挿話　とある神様の昔語りの終わり

——こうして、フリューゲル王国での魔族への誤解は解かれ、彼らは交流を始めるようになりましたとさ。

そしてフリューゲル王国をきっかけとして、徐々に世界中が魔族のことを認めるようになっていった。

たった一人の少女が、魔族絶滅の危機も、それによる魔物の増加の危機も、ひいては世界の破滅の危機も救ったんだよ。

すごいことだと思わないかい？

メリアがこの世界に来たのは元々僕のミスだし、過保護と言われるくらい様々なものをあげたけどね。

でもそれは、この世界からすれば、大きな池に小さな石を落としたくらいの出来事に過ぎないよ。

え、僕がわざとしたんじゃないのかって？

ふふ、どうだろうねぇ。

でもさ、最初がどうであれ、その波紋を大きくして、この結果へと導けたのは彼女の……メリアの力だよ。

村人と交流して仲良くなったのも、魔族の青年が彼女を気にかけたのも、彼女自身の行動によるものだ。

メリアがどう動くかなんて、神である僕でも操ることはできないからね。

つまり、僕が与えた鍛冶《かじ》という力以上に、メリアという少女の存在が、この世界にとっていい影響をもたらしたのかもしれないってことだよ。

えっ、なんで美少女にしたって？

そういえば、僕好みの可愛い子にしていたね。

……まあ、聖霊樹も僕の好みで、あの容姿になったわけだけど。

メリアと最初に会った時、彼女は願わなかったけれど、本当は別人になってやり直したいと心の底で思ってたんだ。

だから、僕はそれを形にした。

そして、彼女は前の世界でのトラウマから人を拒《こば》みつつも、人と関わり、助け合うことを求めていた。

それを叶えられるように、彼女の望んだ容姿にしたのさ。
彼女の願いが矛盾してるって？　人間なんてそんなものだろう？
あはは。なんだい、その呆《あき》れ顔は。ひどいなー。
この世界を作った時とは違って、今の僕はほとんど見守るだけの存在だよ。
僕は、大した助け舟を出すことすらできないんだ。
無事に解決してよかった？
うん、本当にそうだよね。
君も、長話に付き合ってくれてありがとう。
彼女の話をできて、僕も楽しかったよ。
え？　彼女の話はこれで終わりかって？
いいや、彼女がこの世界で生きている限り、彼女の物語はこれからも続くだろう。
ただ、そろそろ地球へのパトロールに行く時間なんだ。
だからまた会えたら、語るとしよう。
それじゃあ、またね。

エピローグ

とある小さな家の横には、大きな樹がそびえ立っている。

エルフの里の聖霊樹よりも魔の島の世界樹よりも小さなその樹の木陰《こかげ》は、今の時期にちょうどいい休憩スポットとなっていた。

今も、その樹にもたれかかるように、牛が横になっている。

そのお腹を枕にして、少女が心地よさそうにお昼寝をしている。

彼女の腕には小さな蛇《へび》と猿がくっついており、少女と同じように眠っていた。

シュルル～ッと柔らかな風が彼女たちを撫でていく。

「ん……」

その風に少女がブルリと身体を震わせると、牛がのっそりと顔をあげて心配そうに鳴く。

――寒いのかな～？

――なら、妾《わらわ》もお側《そば》に。

近くにいた羊がスッと少女の側《そば》へと寄り、その綿《わた》のような身体を押しつける。

「ふへへー」

少女は気持ちいいのか、羊のほうへと身体を傾け、幸せそうに笑った。

庭で追いかけっこをしていた黒い鶏《にわとり》も、茶色の兎《うさぎ》も、モルモットも、少女の側《そば》へと駆けてくる。

――気持ちよさそうに眠ってますわ。

兎《うさぎ》が少女を見て鼻をひくつかせると、モルモットも同意する。

――ほんまやなぁ。

――オニキスも！　オニキスも‼

黒い鶏《にわとり》はそう言うが早いか、少女の足元で丸まって眠り始めた。

それを見ていた兎《うさぎ》とモルモットは顔を見合わせ、鶏《にわとり》と同じように丸まり、眠る準備をする。

風が再び、さらさらと木の枝を揺らした。

しかし、少女が震えることはもうなく、安らかな寝息が何度も聞こえてくる。

それを見て、風を起こした犯人は樹の上でつまらなそうにため息をつく。

そして彼も、目を閉じた。

木漏れ日が彼女たちを包み込み、どこからか優しい声が静かに聞こえてくる。

「おやすみなさい、愛《いと》しい子たち」

——鍛冶屋《かじや》『casualidad《カスアリダー》』本日休業——

書き下ろし番外編

幸せはきっと丸い形

村に行った時、ご飯は大抵『猫の目亭』で食べる。

その日の昼食も、ミィナちゃんおすすめのメニューを頼んだ。

いつもなら美味《おい》しくて大満足で終わる。

だけど、その日のメニューは少し物足りないものだった。

お好み焼きのようにキャベツと小麦粉を合わせた生地を焼いたもので、味は塩とキャベツの甘味だけ。

初めて村の市場に参加した時に露店で食べたものと同じもののようだ。

あの時もソースが欲しいと思ってたんだよね……

家に帰ってからも、そのことが頭から離れなかった。

でも、家にある調味料は家から出すことはできない。

家の庭にある玉ねぎや人参《にんじん》が実った畑を見ながら、私はふと思った。この世界にある食べ物で作ったものならば持ち出せるはずだと。

そうと決まればあとは簡単だ。脳内辞書で作り方を調べる。

「ねぇ、ラリマー。トマトとにんにく、セロリやローリエとかのスパイスって育てられる？」

――え～とぉ、トマトやにんにくはそこにあるよお～。ローリエとかはこっち～。

「わぁ！　さすがラリマー‼　ありがとう」

ラリマーに尋ねると、ソース作りに必要な野菜やスパイスはすでに育ててくれていたようだ。

ぎゅっと抱きしめてお礼を言いながら、それらを収穫する。

どれも食べ頃のようで、とても美味《おい》しそうだ。

キッチンに入ると、大きいミキサーを取り出して野菜を微塵《みじん》切りにしていく。

ミキサーを神様が準備しておいてくれてよかった。

なかったら、自分で全て刻まなくてはいけないところだった。

微塵《みじん》切りにした野菜を炒めて、水やスパイス、トマトを入れて煮立たせたら、弱火にして混ぜながら一時間ぐらい煮る。しっかりと煮込んでいくと、水分が抜けてどろりとしてくる。

そうなったら火を止めて粗熱をとり、ざるで濾《こ》して残った固形物も布で包んでしぼって……さらにいくつかの工程をこなしていけば、完成。

少しスプーンで掬《すく》って味見してみる。地球産のソースに比べると、味の深みとかはイマイチな気もするけれど美味《おい》しくできていると思う。

このソースと、ソースを煮込んでいる間に作っておいたマヨネーズ。

早速《さっそく》これを持って、ヴォーグさんのところへ向かうことにしたんだよね。

その結果は大好評。

お好み焼き以外にもソースとマヨネーズを使った料理はないのかと聞かれ、思い出したのがたこ焼きだった。

どんなものかと聞かれ、鉄板に半球の凹みがあるプレートで、小麦粉と卵を混ぜた生地に具を入れて、丸く焼く料理だと伝えると興味を持ったようだ。

ヴォーグさんは料理人だ。

新しい調味料はもちろん、調理器具も気になるのだろう。

私も思い出すと食べたくなってきたので、ルビーくんと一緒にたこ焼きプレートを作ることに。

転生前に使っていたプレートを思い出すと、必要な材料や作り方が脳内に浮かび上がる。

ルビーくんが炉《ろ》に炎《ほのお》を灯《とも》せば、条件反射のようにぐっとハンマーを持つ手に力が入った。

早速《さっそく》、鉄のインゴットを取り出して、熱くなった炉《ろ》の中へ。

しばらく待って、真っ赤に染まったそれを取り出して平べったくなるように叩く。

ハンマーと金属が鳴る。高く弾むようなその音を聞けば聞くほど、集中力が高まる。

そして一気に仕上げた鉄板は、丸い凹みがいくつもついた馴染み深い形のたこ焼きプレートだ。

「できたぁー」

何度も振るうハンマーの重みや疲れは、いつだって完成した作品を見れば忘れてしまう。

たこ焼きプレートを持ってヴォーグさんのところに行くと、新しい料理が気になったらしいマーベラさんやジャンさん、フェイさんも揃《そろ》っていた。

フォルジャモン村は海が遠いから今たこはない。代わりにウィンナーやチーズを入れることに。

熱したプレートに生地を流し込み、火が通りきる前に具を入れて固まってきたら千枚通してくるくると返していくと皆から歓声があがる。

ふふふ、昔からたこ焼きを焼くのは得意なんだよね。

出来上がったたこ焼きを皆に配って、私も含めた全員でぱくり。

外はカリッ、中はトロン。

熱くてハフハフと口に空気を入れながら食べ切ってしまうと、ミィナちゃんが空になったお皿を名残惜《なごりお》しそうに見つめていた。

「次、焼いてみますか？」

「ああ。やってみてもいいか？」

ヴォーグさんに期待した目で尋ねられたので、作り方を伝える。ヴォーグさんは千枚通しを空で少し回してからプレートに生地を流し込んだ。

具も入れて返し始めるが、ぐちゃりとなってしまった。

「む、難しいな」

「返すのが少し早かったみたいですね」

うまく回せなくて、ヴォーグさんの眉がへにょんとなる。

が、回数を重ねて徐々に慣れてどんどんまん丸にできるようになるとともに眉の位置が元に戻ってきた。

「これ、たこ焼きってなんでたこなの？」

「本当はたこを入れるのが主流なのか。でもここにはないからかな」

「ふーん。丸い形の食べ物って珍しいな。食べやすい」

ジャンさんの質問に答えていると、フェイさんも話に入ってくる。

「だが、名前がなぁ」

「なら、真珠焼きに変えるのはどう？」

「真珠、ですか？」

「うん。海からとれる宝石だし、丸い形してるからね」

「いいわね、それ！」

たこに馴染み深くない人たちからするとたこ焼きという名前は納得がいかないようで、ならばとジャンさんが提案してくれる。

それに対して深く共感したのはマーベラさんだ。

「真珠って綺麗なんでしょう？　お貴族様が身につけるような宝石の名前がついた食べ物なら売れるわ！」

「なら、真珠焼きってことで、しばらく店で出すことにしよう」

「じゃあ、また食べに来られるね」

ヴォーグさんとマーベラさんの言葉に、ジャンさんも嬉しそうだ。

こうして、たこ焼き試食会は大成功の中、終了した。はずだった。

――ご主人。たこ焼き、オニキスも食べたい。食べたい！

家に帰ると、すぐにオニキスが飛びついてくる。

新しいものや美味《おい》しいものに目がないオニキスだけど、たこ焼き試食会にはフェイさんがいたので、気配を消して隠れてたらしい。

フェイさん、眷属《けんぞく》のことを敬愛しすぎていて、皆を見ると言動が変わるからなぁ。

あの熱量のせいで皆、フェイさんのこと苦手なのよね。

――私も食べてみたいですわ。

――わしも！

――僕も。

普段はそこまでおねだりをしないアンバーやルビーくんも気になっていたらしい。

そっと、手の代わりに尻尾《しっぽ》を挙げるフローも可愛い。

「じゃあ、キャベツを入れる特別バージョンを作っちゃおうか！」

皆の嬉しそうな歓声を聞きながら、私は本日二度目の試食会を開始するのだった。

◆◇◆◇◆

それからしばらくして、ヴォーグさんが店にやってきた。

どうやら真珠焼きはとんでもなく大盛況で、たこ焼きプレートをもっと欲しいとのこと。

それからさらに二週間ほどして、今度はマルクさんが訪ねてきた。

エレナさんも気に入ったらしく、自分の家にもたこ焼きプレートが欲しいとねだられたらしい。

そんなに売れるのなら、市場の品物にプレートも入れちゃいましょうかと提案するとぜひそうしてほしいと言われてしまった。

ソースやマヨネーズではなく、まさか、たこ焼きがこんなに流行《はや》るとは思いもしなかった……

そして、一ヶ月後。

まさかのたこ焼き大ブーム。発案者として王城に呼び出された。

王様はもちろん、王子様やアンジェリカ様、王家の方々にたこ焼きを振る舞うことに。

「これが巷《ちまた》で有名な真珠焼きか。うむ、うまい！」

「美味《おい》しいですわね」

王様、アンジェリカ様が美味《おい》しそうに食べてくれる姿を見ると、来た甲斐《かい》があるってものだ。

自家製ソースもマヨネーズも王様の口に合ったようでソースの作り方を聞かれた。

材料や手順を説明すると、王様は配下と思われる人に指示を出す。

おそらく、この城で雇われている料理人に作らせるのだろう。

手作業だと大変だけど、頑張ってください。と心の中で応援し、王様にもたこ焼きプレートを献上して、私は帰路につくのだった。

◆◇◆◇◆

「メリア」

「リクロス！　来てたんだ」

お城から帰還した私を待っていたのはリクロスだった。その隣にはリュミーさんもいる。

「近くを通りかかったから来たんだ。留守みたいだったから帰ろうとしたんだけど……」

――すぐに帰ってくるだろうからと、妾《わらわ》が待たせておった。

リクロスの言葉に被《かぶ》せるように、二人の陰から出てきたのはセラフィだった。

彼らの表情を見るに、セラフィの言葉がわからず困惑していたようだ。

「ええ……ごめんなさい。どうやら私がすぐ帰ってくるだろうからって引き止めてくれていたらしいの」

「ああ、そういうことだったのか。大丈夫だよ。確かに待っていたのは少しだったしね」

リクロスがそういうと、リュミーさんもこくりと頷いた。

……これは、かなり待たせた時のリアクションでは？

そう思いながらも、家の扉を開けて二人を招き入れる。

お茶菓子としては相応《ふさわ》しくないだろうけど、せっかくなのでたこ焼きを出してみた。

「これが今流行の真珠焼きか。本当に丸いんだね」

「私の故郷では、たこ焼きって言うんだけどね」

「たこ？　あの墨を吐く？」

「うん。美味《おい》しいんだよ」

「ふぅん」

二人とも、たこ焼きが気に入ったようで残さず食べてくれ、「じゃあね」と帰っていった。

本当に通りかかっただけだったようだ。

けれどその数日後、リクロスがクラーケンかと思うほどの巨大なたこを持ってきて、本当のたこ焼きが食べたいとねだった。そんなに気に入ったなんてね。

素材本来の味を楽しむような料理も美味《おい》しいけれど、たまには味の濃いものも食べたい。それだけだった。

そこから、ソースを作り、それに合う料理を作っただけだったのに。

こんなにも流行《はや》るなんてね。

真珠焼きと命名されたたこ焼きに、自家製ソースとマヨネーズをつける。

「あ、巨大たこ、思ってたよりも出汁《だし》がしっかり出ていて美味《おい》しい」

リクロスと一緒にたこ焼きを食べながら、ふと思う。

これって、漫画や小説でよくある地球の知識で異世界無双なのでは、と。

思いもよらない形での無双に一瞬戦慄が走ったけど、嬉しそうにたこ焼きを食べるリクロスの姿に、皆、喜んでくれたのだから、いいかぁ。と思い、私もまた一つたこ焼きを口に運ぶのだった。